『氷の悪女』は王子から婚約破棄を宣告される
その結果国家滅亡の危機だそうですが私、それどころではありません

高瀬ゆみ

Yumi Takase

レジーナ文庫

ローファン
獣人の国の王。竜の獣人。
理知的で、真顔になると
やや恐ろしい印象。
何故か初対面のはずの
セレスを常に
気にかけている。
セレス・アーガスト
バイエルンント国の
辺境伯令嬢で、
クリストファー王子の婚約者。
『氷の悪女』と根も葉もない
噂を立てられている。
責任感が強く、
自分自身の感情を
後回しにしがち。
登場人物紹介

アレク・アーガスト
セレスの兄。自警団の参謀。
口の悪い皮肉屋だが、
家族に対しては
愛情深い。
ラァナ・グランシー
バイエルント国の
男爵令嬢。
クリストファーの恋人として
振る舞っている。
クリストファー
バイエルント国の王子。
セレスの婚約者だが
彼女のことを嫌っている。
ベッラ
キースの異母妹。
ヒョウの獣人。
自分自身とローファンの
ことが大好き。
キース
ローファンの側近。
ヒョウの獣人。
軽薄そうに振る舞って
いるが根は真面目。
ガイア
ローファンの側近。
ライオンの獣人。
いかつい見た目に反して
社交的な常識人。

目次

『氷の悪女』は王子から婚約破棄を宣告される

その結果国家滅亡の危機だそうですが私、それどころではありません

第一章

ここは獣人と人間が共存する世界。

基本的に獣人と人間は海を挟んでそれぞれ別の大陸で暮らし、行き来はごく稀であった。

人間の住む大陸は五つの国に分かれ、そのうちの一つがバイエルント国。陸地の大半が海に囲まれた自然豊かな国である。

バイエルント国の辺境伯令嬢セレス・アーガストは、自国の王子であるクリストファーと婚約関係にある。獣人との平和式典に参加するため王都を訪れていたセレスは、クリストファーから呼び出されて王宮へと向かっていた。

バイエルント国の王城はその美しい純白の城壁から白亜の城と呼ばれ、城内は豪華なシャンデリアや有名画家の作品など一流の品が飾られて贅の限りを尽くしている。そんな美術品には目もくれず、セレスは王子の執務室へと急いだ。

執務室の扉をノックし許可を得ると、室内に入り優雅なカーテシーをした。

「アーガスト家のセレスでございます」

「顔を上げろ」

セレスが顔を上げると、革張りの椅子に腰かけたクリストファーが不満げな顔をしていた。

「随分遅かったな」

「申し訳ございません。殿下の御前に参じるために準備をしておりましたもので」

「ハッ！　準備をした結果がそれか！」

「……申し訳ございません」

セレスは頭を下げる。侍女により美しく結わえられた銀色の髪も、アーガスト家で用意したドレスも完璧な装いだった。それでも気に入らないと言うのなら、それはセレス自身が気に入らないのだろう。

「まぁ、お前のような女に淑女としての完璧さを求めるのは無理な話か」

そう言ってセレスを嗤うクリストファーは、見た目だけでいえば美しい王子だった。

サラサラとした金髪に、ブルーの瞳。国王と当時傾国と称された踊り子との間に生まれた、ただ一人の王子。美しい踊り子は愛妾として後宮に入ったはずなのに、王妃の突然の死後、いつの間にか後釜におさまって王妃となった女性であった。

一方、クリストファーが馬鹿にするセレスも美しい顔立ちをしている。

銀髪にアメジストのように輝く紫色の瞳。色白で気品ある大人びた顔立ちにツンと尖(とが)った鼻。

クリストファーの前では感情を露(あら)わにすることがほとんどないため、セレスの人形のような美しさがより強調されていた。

「辺境地にこもってばかりで一向に垢(あか)抜けない女だからな！」

そう言ってクリストファーはセレスを馬鹿にしたように嗤(わら)った。

隣国との国境付近にある辺境伯領から王都まで、馬車で五日はかかる。王都から離れた場所に住むセレスのことを、クリストファーは流行(はや)りを知らない田舎者だと馬鹿にしていた。

セレスとクリストファーは婚約関係にあるものの、お世辞にも友好な関係とは言えない。

少しでも距離を縮めようとしたセレスに対し、クリストファーは田舎者が自分の婚約者なんて恥ずかしいと一切歩み寄ろうとしなかった。

六歳のときに婚約者として紹介されてから、仲良くなりたいセレスが一生懸命クリストファーに話しかけても、つれなくそっぽを向かれてしまう。それどころか、当時他の子供に比べて魔力の発現が遅かった彼女を、出来損ないだと罵る始末。

自分を嫌う婚約者にセレスは疲れてしまい、十八歳になった今では最低限の交流しかしていない。

バイエルント国では二十歳になると成人の儀を行い、貴族は決められた婚約者と結婚するのが習わしである。セレスもクリストファーも今年で十九歳。あと一年ほどでクリストファーと結婚しなければならず、セレスは憂鬱な気持ちを抑えられなかった。

クリストファーはひとしきり嗤った後、人を不快にさせる嫌な顔を見せた。

「愛想もなく教養もない、お前のような女が俺の婚約者だなんて嘆かわしいが、父上の命令だからやむなく婚約者でいさせてやってるんだ。分かっているだろうな?」

「はい」

「明日は獣人どもと平和協定を結んで五百年の節目を祝う、大切な式典がある。不本意だが俺の婚約者として隣に立つ以上、俺の顔に泥を塗るような真似はするなよ」

「承知しております」

クリストファーとの関係には半ば諦めてしまっているが、それでも婚約者としての責務は果たさなければならないとセレスは思っていた。

「殿下の婚約者として、務めを果たして参ります」

明日の式典には多くの獣人が参加する。日頃、人間と獣人はほとんど交流がない。お互いに文化や価値観が違うため、失礼がないようにしなければとセレスは気を引き締めた。

人間とは別の大陸に住む獣人は、その広大な領土を、代々圧倒的な力を持ち竜王と呼ばれる一人の王が治めている。

この世界の獣人は人間の姿にも動物の姿にもなれる。ただ人間と違うのは、人化したときに体のどこかに獣の特徴が現れること、獣人は人間よりも長生きで力が強いことだ。

五百年前に平和協定を結ぶまでは、人間が貴重な素材を求めて獣人を殺したり、獣人が繁殖を目的として人間を攫(さら)ったりと問題が後を絶たなかったのだという。だが、平和協定を結んだ今では、人間と獣人との間で輸出入の仕組みを設け、お互い距離を保ちながら一定の条件下でのみ交流している。そのため一般の人間と獣人はほとんど関わりがなく、生涯を終えるまで一度も獣人に会ったことがない人間が大半であった。

今回、平和協定を結んで五百年となる節目の年に竜王率いる獣人の一団が人間の諸国を回る。使節団とのコネができれば貿易において有利になるのではと考える者は多い。各国は少しでも恩恵を受けたいと、華やかな式典の裏側で様々な思惑(おもわく)を抱えていた。

そんな中、王子の婚約者として式典に参加する以上、失礼があってはならない。今回の式典参加にあたって、セレスは数少ない文献を取り寄せて事前に獣人について調べてきていた。

「分かればいいんだ」

クリストファーが満足げに頷く。

顔を上げたセレスは、今回の呼び出しの件でずっと気になっていたことを尋ねた。

「殿下……あの、伝令から至急と言われて来たのですが、今回私を呼んだご用件とはなんでしょうか？」

「ハァ？　今言っただろうが。お前、俺の話を聞いてなかったのか？」

「……申し訳ございません」

クリストファーの高圧的な態度にセレスは目を伏せる。

いくら婚約者から愛されることを諦めているからといって、邪険に扱われれば傷付く。辛気臭い顔をするなと怒鳴られてしまうから顔には出せないけれど、嫌われている相手と一緒にいなければならないこの状態が辛くて心が凍りそうだった。

そんなセレスに構うことなく、クリストファーは形の良い眉を吊り上げて机を叩いた。

「本当に頭の悪い女だな！　明日の式典での注意をしただろうが！」

「……それが至急の用でございますか？」

「何度も言わせるな！　愚か者が！」

美しい顔を醜く歪めて、クリストファーが大きな声を上げる。

辺境伯領からの長旅を終えて、セレスが王都内に所有するアーガスト家の屋敷に到着した直後にクリストファーからの呼び出しを受けた。使いの者が来たときは一体なんの用だろうと不思議に思っていたけれど、まさかこの程度のことで呼び出すなんて……。

使いの者から伝えるだけで良かったのではないかと内心首を傾げたセレスは、ふとクリストファーの前の机を見た。

執務室であれば仕事の書類が置かれているはずなのに、用紙は一枚も置かれていない。サインをするためのペンや、書類を分ける箱さえもない。

――そういえば、この前会ったときに殿下があまりにも仕事をしていないから、やむを得ず指摘したような。

そのときは『お前が見ていないときにちゃんとやっている！』と顔を赤くして怒鳴っていたけれど、まさか仕事をしていると思わせたいがために、わざわざ執務室に呼び出したのだろうか……。

そう考えると普段は応接室に呼び出されるというのに今回に限って執務室に来るよう

指示された理由が分かる。椅子に腰かけたクリストファーが、どうだと言わんばかりにふんぞり返っているのも頷（うなず）ける。

自分の婚約者の幼稚な考えに呆れたセレスは、頭を下げながら心の中で大きく溜息をついた。

翌日、朝早くから入念に準備をして完璧な装いとなったセレスは王宮へと向かった。

式典には国内の高位貴族とその子息子女が呼ばれ、会場は国の威厳を示すかのように煌（きら）びやかで素晴らしいものだった。式典の後はパーティーが予定されている。

獣人に対する好奇心と、少しでも関係を持ちたいという欲望とで会場内は色めき立っていた。

セレスはクリストファーの隣に立ち式典が始まるのを待ちながら、先ほどまで顔を合わせていた国王陛下とのやり取りを思い出す。

セレスがお目通りの機会を与えられたこの国の王は、豊かな髭（ひげ）と豊かな腹をした恰幅（かっぷく）の良い男で、本日の式典に備（そな）えてか豪華な衣装を身に纏（まと）っていた。

国王はセレスの父である辺境伯のことを随分と気にしているようで、セレスが王宮に来る度に接見を求めてくる。そしてセレスが毎回、父の国王陛下に対する忠誠心は変わらないことを告げると満足そうな顔をするのだった。

国王がセレスとクリストファーを婚約させたのは、父の持つ武力を恐れているからなのだろう。国防の要を担うアーガスト家は、軍事力だけであればこの国で一番の力を誇る。

国王としてその力を制御したいと考えているのだろうけれど、政略的に結び付けられたクリストファーとセレスの仲は悪い。その上セレスとの言葉のやり取りだけで安心している国王を見て、セレスはそれでいいのだろうかといつも疑問に思っていた。

現在父の忠誠心に変わりはないが、仮に父が謀反を起こそうと計画を立てていたとしても、セレスは馬鹿正直にそのことを言ったりしないだろう。

そんなことを考えていたセレスの隣で、暇を持て余したクリストファーが声を上げた。

「お前は気の利いた話題の一つも提供できないのか」

理不尽な文句に内心呆れる。

「殿下、そろそろ式典が始まりますので……」

「そんなことは分かっている。ああ！　気の利かない無愛想な女を隣に置くことのなんとつまらないことか！」

「……申し訳ございません」

「お前がそんな調子だから『氷の悪女』などと噂されるんだぞ」

「『氷の悪女』……？　殿下、それは一体なんのことですか……？」

聞き慣れない言葉にセレスがクリストファーを見たときだった。

「静粛に！　竜王様ご一行の入場です！」

高らかな声と共に会場の扉が開き、二十人ほどの集団が中に入ってきた。

初めて見る獣人の姿に会場内はシンと静まり返る。圧倒的な存在感を前に、誰もが声を出すことができなかった。

竜王の後ろに控えるのは、遠目からでも分かるほど屈強な体躯の獣人。人間の一・五倍はありそうな巨大な体は、黒の軍服を纏い迫力を増していた。

人化しても獣の特徴を残しているという話は本当のようで、頭には獣の耳、腰の下には尾が出ている。体の大きさに大小はあれど、どの獣人も皆一様に整った顔立ちをしていた。

そんな中、一番に目を引くのは先頭に立つ竜王の姿。

誰も竜王を見たことがないのに、一目で彼が竜王……獣人の王なのだと分かる。

黒地に金の装飾を施されたコートを着て、前を向いて歩くその姿はまさに王者であった。

多くの者が見つめる中、人目を気にせず堂々と歩く竜王の姿に、セレスは目を奪われた。あっという間に通り過ぎ、遠ざかる背中を思わず目で追ってしまう。

獣人を従えて歩く竜王は揺るぎない自信に満ち溢れているようで、その力強い輝きが自分に自信が持てないセレスには眩しく感じられた。

つつがなく式典は終わった……かというと、少しばかり怪しい。

竜王の雰囲気にのまれた国王が祝いの言葉を噛みに噛み、国の者たちは皆居た堪れない思いをしたのだ。それでもなんとか式典は終了した。

獣人たちが先に会場を後にし、続いてクリストファーとセレスが退席しようとしたときだった。

「クリストファー様～～～！」

甘く高い声が聞こえ、何事かと周囲を見回したセレスは、次の瞬間背の低い何かがクリストファーの胸に飛び込んできたことに気付き、ギョッとした。

――まさか、刺客⁉

しかしクリストファーは呻き声を上げることなく飛び込んできたソレを優しく抱きかかえると、同様に甘い声を出した。

「ラァナ、よく来たな」

「クリストファー様が特別に呼んでくださったおかげです！　私もう楽しみで楽しみで、昨日は眠れませんでしたっ！」

「ハハッ、ラァナは可愛いなぁ」

クリストファーがデレデレとラァナと呼んだ女の子に笑いかける。

「クリストファー様から贈っていただいたこのドレス、いかがですか？」

「あぁ、ラァナによく似合ってる。ラァナは何を着ても似合うな」

「クリストファー様のセンスがいいからですよぉっ！」

キャッキャウフフと二人だけの世界を繰り広げる彼ら。

突然現れた少女に呆然としていたセレスはようやく我に返り、状況を把握して焦った。

貴族は爵位を重んじる。この国の王子であるクリストファーが会場から出なければ、他の貴族は退席することができない。

つまり、国中の貴族たちがこの二人のやり取りを見ているということになる。

婚約者として、これ以上この恥ずかしいやり取りを晒し続けるのはマズイのではないだろうか。

「殿下、そろそろ会場を出ませんと。この後の予定もございますし」

セレスの進言に何を勘違いしたのか、クリストファーはニヤリと意地悪く笑った。

「お前、まさか我々の仲の良さに嫉妬しているのか？　ああ！　女の嫉妬は醜いものだ！」

「殿下……あの、そういう話では……」

「無知なお前に紹介してやろう。彼女はラァナ・グランシー男爵令嬢だ」

クリストファーの紹介に、ラァナは可憐に一礼した。

「ラァナ・グランシーでございます」

ハニーブラウンの長い髪を緩やかに巻いて、エメラルド色の瞳を輝かせたラァナはとても可愛い女の子だった。

華奢で背が低く、守ってあげたくなるような、庇護欲をくすぐられるタイプに見える。

「ラァナ、この女はセレス・アーガスト。学園にも通えない辺境の地に住んでいるから、見るのは初めてだろう？」

「まぁ！　ではこの方が『氷の悪女』ですのね！」

——だからなんなのかしら。その、『氷の悪女』って。

セレスに対するクリストファーの態度の悪さはともかく、爵位の低い者から紹介するなどマナーに欠ける。これではクリストファーの評価を下げるだけだと、セレスがもう一度退席を促そうとしたときだった。

「殿下、時間がございませんのでご移動をお願いいたします」

式典を進行していた宰相が有無を言わさぬ声で退席を求めた。

いくらクリストファーでも宰相には強く言えないようで、ブツブツと文句を言いながら会場を後にする。そのことに安堵したのも束の間、パーティー会場までの道のりをセレスは何故か宰相と共に歩くことになった。クリストファーはラァナと先を歩いている。

宰相は冷たい眼差しでセレスを見下ろした。

「先ほどの殿下の言動、何故止めなかったのですか」

「止めようとはしたのですが、なかなか聞き入れていただけなくて……」

「それは貴方が殿下の手綱をしっかり握っていないからでしょう。将来の王子妃がそんなことでどうするのです」

「……申し訳ございません」

宰相のお小言にセレスの心はグサグサと傷付いた。確かにそれは自分でも感じていたことだった。

クリストファーが間違った道を進んでいれば、それを正すのも婚約者の役目だ。ただ、クリストファーとの関係が悪すぎて、セレスの意見はまったく聞き入れてもらえない。

目を伏せたセレスに、宰相はあからさまに溜息をついた。

「困った顔をすれば男がどうにかしてくれるとでも思っているのですか。これは、貴方がどうにかすべき問題ですからね」

「分かり、ました」

目の奥が熱くなってくるのを感じ、セレスはぎゅっと唇を結んだ。

この人の前で泣きたくない。それはセレスのささやかな矜持だった。

式典同様、パーティー会場も贅の限りを尽くされていた。

シャンデリアから降り注ぐ温かな光、最上級の食べ物、色とりどりのドレス。これらは全て獣人たちのために用意されたもの。

乾杯の後、普段であれば皆会話や食事を楽しむが、今回は竜王への挨拶のために列を作り、宰相がそれを取りまとめている。セレスもクリストファーを捕まえてその列に並んだ。

「どうして俺がお前なんかと……」

王族である彼は既に竜王への挨拶を済ませている。セレスに付き合うのが面倒なのだろう、ブツブツと文句を言っていた。

けれどここでクリストファーをほったらかしにすれば、宰相がまたお小言を言ってくる。セレスはクリストファーの腕に手を絡め、必死で逃がさないようにした。

「殿下、お願いです。偉大なる竜王様の御前に一人で立つのは心細いのです。殿下がお側にいてくださるだけで安心できます」

セレスがそう言い募るとクリストファーは少し嬉しそうな顔をした。

「そ、そうか。なら仕方がないな。そこまで言うなら付き添ってやろう」

フン！　と顔を上げて抵抗をやめた彼に、セレスは心底ホッとした。

公爵家、侯爵家と爵位順に挨拶をし、とうとうセレスの番がやってきた。

宰相が「辺境伯令嬢、セレス・アーガスト様です」と竜王に告げる。セレスは礼を執ると、顔を上げ目の前に立つ竜王を見た。

先ほどは気付かなかったけれど、竜王は随分と端整な顔立ちをした美丈夫だった。

若い女性が色めきだっているのは彼の見た目のせいだろう。

式典では大柄の獣人を後ろに侍らせていたためスマートな印象を受けたけれど、金の装飾が美しい黒のコートに包まれたその体は厚みがあり、背も高く立派な体躯をしていた。

人目を引く、黄金のように強い輝きを放つ金色の髪。

凛々しい眉に、力強いブルーの瞳はギラギラと鋭く、射抜くような眼差しで……

……えっ？　睨まれてる⁉

思いがけない竜王の眼力にセレスの体は硬直した。思わずクリストファーを掴む手にも力が入る。

セレスがクリストファーに縋るような態度を取ると、竜王の視線はますます鋭くなった。

隣に立つクリストファーからは「ヒッ！」と小さな悲鳴が聞こえてくる。

竜王を取り巻く空気が一瞬にして変わったのを感じた。

目の前の男から発せられる重苦しい圧。強い感情をぶつけられて思わず身震いしてしまう。

何故睨まれているのかまったく見当もつかないけれど、初対面のこの人から『嫌われている』ということだけは分かった。

セレスを射抜く鋭い視線からは、憎悪の感情が滲み出ていた。

「――ローファン……」

後ろに控えていた獣人の側近が竜王の肩を叩く。

セレスに向けられていた視線が外れ、その途端、先ほどまでの空気は一変した。

「……ああ」

竜王は下を向き一つ息を吐くと、セレスをもう一度見た。

「獣人の王、ローファンだ。お会いできて光栄に思う」

定型の挨拶(あいさつ)をされ、睨(にら)み付けたことなどなかったかのように視線を逸(そ)らされた。

ドクドクと恐怖で激しく鼓動を打つ心臓から意識を逸(そ)らして、平常心を取り戻そうと試(こころ)みる。……が、上手くいったかどうか分からない。

セレスはなんとか挨拶(あいさつ)を終えると、クリストファーを促(うなが)して逃げるようにその場を後にした。

壁際まで離れたところで、ようやくクリストファーは我に返ったらしい。先ほどの恐怖体験のせいで青白い顔のままセレスに詰め寄った。

「お前っ、竜王に何かしでかしたのか⁉」

「そんな……思い当たることは何もありません」

本当にセレスには身に覚えがなかった。竜王の前で執(と)った礼は他の貴族と同じであるし、そもそも初対面だ。

あとはもう、セレスの見た目が受け入れがたいものだったとか、それくらいしか考えられない。

一方的ではあるけれど、憧れにも似た思いを抱いた相手から嫌われていると知り、セレスは悲しい気持ちになる。

「私、どうしたらいいんでしょう……」

思わず不安な気持ちを口に出してしまい、きゅっと唇を結ぶ。

視線を下げたセレスにクリストファーは慌てて言った。

「竜王がお怒りだったとしても、おっ、俺には関係ないからな⁉」

お前の問題だ！　と指を差して声を荒らげるクリストファーを見て、セレスはますます悲しくなった。もともと嫌われている関係だけれど、ここまでだったとは。

「もうエスコートはいいだろう？　これ以上は付いてくるなよ⁉」

そう言って離れていくクリストファーを呆然と見つめる。

クリストファーがいなくなるとセレスは一人になってしまう。冷遇されている王子の婚約者と親しくしようとする者など誰もいなかった。

「貴方はこんなところで壁の花でもやっているつもりですか」

途方に暮れたセレスのもとにやってきたのは宰相の息子、ジェラルドだった。

クリストファーとは同い年で学友でもある彼とは、セレスが婚約者に決まった頃から交流がある。

「こんな調子じゃ、ラァナ嬢の思う壺ですよ」

ただ、昔からの知り合いとはいえ仲が良いわけではない。この親にしてこの子あり、というように、宰相と同じかそれ以上にセレスに対して容赦がなかった。

「貴方は殿下を手玉に取るどころか囲うことさえできていないですからねぇ。『氷の悪女』とは本当に名ばかりだ」

切れ長の目には呆れたような色が浮かんでいる。

「先ほどからその、『氷の悪女』ってなんなのですか？ 私、まったく身に覚えがなくて……」

ずっと気になっていたことを尋ねると、ジェラルドは歌うようにスラスラと答えてくれた。

「学園で誰かが言い始めたんですよ。セレス・アーガストは、辺境伯の権力を使って強引に王子の婚約者まで上り詰めた、悪魔のような女だって。ニコリとも笑わず、氷のような心を持ち、気に食わない者がいれば氷漬けにしてしまう、恐ろしい女だそうですよ貴方は」

「なんでそんなことに……」

セレスは脳内で頭を抱えた。なんだろう、そのとんでもない設定は……

クリストファーの婚約者になったのは国王の強い希望によるもので、セレスの願望は一切入っていない。もちろん誰かを氷漬けにしたことだってない。

……確かにセレスの家系魔法は氷であるため、そこは合わせてきたのかもしれないが……

「そんなことはしていません！」

「まぁそうでしょうね」

セレスの訴えにジェラルドはしれっと同意した。

「事実はどうであれ、それを否定する者がいないから噂が助長されているのですよ。貴方、学園に通っていないでしょう？」

セレスは、うっ、と言葉を詰まらせた。

ジェラルドの言う学園とは、貴族の子息子女が八歳から十九歳まで通う魔法学園のことで、義務ではないがほとんどの貴族が通っている。

セレスは自領から通えないことを言い訳にして、入学していなかった。

「ああ見えてラァナ嬢はやり手ですよ。中途入学組なのに学園内の派閥を掌握しているし、男女問わず懐に入り込むのがとても上手い。学園では身分が低い男爵令嬢が王妃に抜擢されるシンデレラストーリーを演出している。その話の中で、貴方は二人の仲を邪魔する悪役なんですよ」

「そんなことになっていたなんて知らなかったわ」

「そりゃあそうでしょうね。貴方は滅多に自領から出ようとしないから」

「……どれもこれも私のせいなのね」

ジェラルドは人の嫌がるところを指摘する天才だと思う。セレスは自分の至らないところばかりを突き付けられて惨めな気持ちになった。

クリストファーがセレス以外の女性に目を向けるのはセレスがきちんと管理できていないからで、変な噂を立てられるのはセレスが学園に通っていないから。

じゃあ学園に行きます、と言えないのには訳がある。

セレスは学園に対して、いまだ根深く残るトラウマがあった。

「……それでも、学園は、いやだわ」

――悔しい……。

泣くのは逃げることだと思っているのに、何故涙が出そうになるのだろう。

先ほど宰相とのやり取りで耐えたはずの涙が今度こそ溢れてきそうで、セレスは眉根を寄せた。

「……ああ、たまらないですねぇ……」

ジェラルドがうっとりと呟きながら、セレスの顔に手を伸ばした次の瞬間。

前方からの強烈な殺気によって、その手は空を切った。

ハッとセレスがそちらを見ると、忌々しそうにこちらを睨み付けてくる竜王の姿。

「こ、これも私のせいなの……?」

次から次へと手に負えないことばかり起こってセレスは途方に暮れた。

竜王の殺気に気圧されて一歩後退る。ジェラルドからの『貴方、一体何をしたんですか』という視線も痛い。

周囲の貴族たちも竜王から放たれる強い苛立ちに気付き、会場内がざわついたときだった。

「やっほー!」

場にそぐわない明るい声が聞こえ、セレスが横を向くと二人の獣人が立っていた。

「竜王サマがゴメンねぇ。怖がらせちゃったね」

「キース、お前もう少し言い方があるだろう……」

ヒョウ柄の丸みを帯びた耳と長い尻尾が付いた軽い口調の獣人と、式典のときに竜王の後ろを歩いていた一際体格の大きい獣人がいた。

耳と尻尾、たてがみのような髪型から察するに、ヒョウとライオンの獣人だろうか。

「まあまあ、気にしない気にしない。俺はキース。ヒョウの獣人だよー！」

「俺はガイア。……ライオンの獣人だ」

獣人からの突然の挨拶に臆することなくジェラルドは優雅な礼を執った。

「私は侯爵家のジェラルド・ヴァンベルクと申します」

慌ててセレスもそれに続く。

「辺境伯家のセレス・アーガストでございます」

「突然ごめんねぇ。竜王サマから交流を深めるように、って指示があってさぁ」

キースの視線を追うように辺りを見回すと、竜王の側に控えていた獣人たちがバラバラになって各貴族に挨拶をしていた。獣人からの挨拶で、先ほどの竜王からの殺気も、それに気付いた者たちからの好奇の目もなくなりセレスはホッとした。

「貴殿方から歩み寄ってくださり感謝いたします」

ジェラルドは先ほどまでの態度から一変して、穏やかで親しみやすい笑みを浮かべている。

「今回の外訪では我が国を一番初めに選んでくださったそうですね」

「そうそう。これから残り四ヵ国回らなきゃいけないから大変だよー」

そう言ってキースは肩をすくめてみせる。

キースの話しやすい雰囲気に後押しされて、セレスはおずおずと声をかけた。

「あの、一つ伺いたいことがあるのですが、よろしいでしょうか」

「んー？　何？　なんでも聞いてー！」

親しみやすいキースに安堵しつつ、パーティー中ずっと気になっていたことを口にする。

「竜王様から、その……何度か厳しい視線を向けられた気がしたのですが、私、何かいけないことをしてしまったのでしょうか？」

セレスの言葉にガイアとキースは顔を見合わせて苦笑いを浮かべた。

「竜王は……まあ、奴にも事情があってな」

「セレスちゃんのせいじゃないから気にしないでー。アイツ色々拗らせちゃってるのよ」

「は、はぁ。そうですか……？」

今一つよく分からなかったけれど、これ以上質問しても明確な答えはもらえなさそうだとセレスは感じた。その後、ジェラルドとキースを中心に当たり障りのない会話が続く。

「そういえば、セレスちゃんはクリストファー殿下の婚約者なんだよね？」

セレスがキースにそう声をかけられたとき、会場内で流れていた音楽がダンスの曲に変わった。

男女がフロアの中心に集まっていく。その中にちょうど今話題になったクリストファーがいてセレスはギョッとした。クリストファーの隣にはラァナがべったりとくっついている。

この国では婚約者がいる場合、ファーストダンスは婚約者と行うものとされていた。この国の王子が、まさか婚約者以外の者とファーストダンスを踊るなど、醜聞（しゅうぶん）もいいところだ。

ジェラルドの視線が痛い。セレスがどうしようと思っている間に音楽に合わせダンスが始まってしまった。

「……あんれぇー。アレ、クリストファー殿下じゃない？　セレスちゃん以外の女の子と踊ってるよ？」

ご丁寧にキースが説明してくれる。周囲もそれに気付いて、セレスとクリストファーを交互に見ながらヒソヒソと噂しているのが分かった。

「……だんまりですか？　貴方が動かなければ誰も助けてくれませんよ？」

後ろからジェラルドの囁きが聞こえる。でも、この状態でどうしろというのだろう？

『殿下を取らないで！』と怒ればいいのだろうか。でもそれじゃあ本物の悪役じゃないか。

「……ふーーん。婚約関係にあっても二人は仲良くないんだね……」

キースの呟きは動揺したセレスの耳には入らない。

結局セレスはその場で立ち尽くしたまま何もできなかった。


「疲れたぁ……」

王都の屋敷に戻り、侍女にドレスを脱がしてもらうと湯浴みもせずベッドに倒れ込んだ。

普段は辺境伯家の領土でのびのび過ごしているセレスには、もう限界だった。

「もう無理、もう嫌、もう駄目……」

心配しているはずの両親に手紙を書かなければと思うものの、体以上に精神的な負担が大きくて今日はもう何もできそうにない。

「全部、私が悪いのかしら……」

宰相もジェラルドも、セレスがクリストファーのことを管理できていないのが悪いと言う。

セレスがやらないからいけないのだと、際限なく求め続ける。

きっとクリストファーも、何か問題があれば全てセレスのせいにするのだろう。セレスが竜王に挨拶(あいさつ)をしたとき、竜王から厳しい眼差(まなざ)しで睨(にら)まれて、怯えて逃げ出したあのときのように。

(悲しい……王都には、誰も味方がいない……)

早く家に帰りたい、と寂しい胸の内を吐露(とろ)しながら、セレスは襲いくる睡魔に抗(あらが)うこともなく眠りについた。

——目をつぶり、確かに眠りについたはずなのに……

真っ暗な空間に一人、セレスは立っていた。

(ここは……？　確かに自分の部屋のベッドで寝たはずだけど……)

セレスは首を傾(かし)げたが、すぐに夢だと思い至った。

それにしてもはっきりとした夢だ。暗闇の中を見渡すと、ポツンと小さな光を見つけた。引き付けられるように光に向かって歩く。しばらく歩いていくと、光はだんだんと大きくなっていった。

ふと、どこからか声がすることにセレスは気付いた。

（何かしら？）

耳を澄ませてみると、クスクスと楽しそうな笑い声が聞こえる。

光と声の方向に歩き続ける。光は一段と大きくなり、セレスを覆うほど広がっていった。

光の先にあったのは、緑が美しい庭園だった。優しい光が差し込む、温かい場所。

セレスの視線の先に、二人の男女が見えた。長椅子に二人、寄り添うように座っている。セレスからは二人の後ろ姿しか見えないが、仲睦まじげな様子がこちらまで伝わってきた。男性が耳元で何事か囁くと、嬉しそうに笑う女性の声。

先ほど聞こえてきたのはこの人の声だったのかとセレスはぼんやりと思った。

二人の世界はまるで幸福に満ち溢れているようで、セレスは何故か胸が痛む。

（――ああ、そうか……きっと、羨ましいからだわ……）

羨ましい。その感情に気付き、セレスの胸はぎゅっと締め付けられるように痛んだ。

クリストファーから愛されていないセレスでは、絶対に得られないもの。

愛し愛される未来などとうの昔に諦めたはずなのに、どうして羨ましいと思うんだろう。

ままならない自分の感情に目を伏せたセレスが、再び前を向く。

すると、楽しげに笑っていた女性が急にセレスの方を振り向いた。

「……っ⁉」

風に吹かれて流れる銀色の髪に、甘く蕩ける紫色の瞳。幸せそうに微笑んでいるその顔は……

（私……？）

信じられない光景に、セレスは目を見開く。それじゃあ相手の男性は……

その人もゆっくりとセレスの方を向く。顔を見ようとしたちょうどそのとき、強い風が庭園に吹き込んできた。ぶわっと吹き付ける風に、思わず顔を隠すようにセレスは手を前に出す。

風がやんでセレスが顔を上げたときにはもう、二人は消えてしまっていた。

美しい庭園に、セレスだけが取り残される。結局男性の顔は分からなかった。

でも、風で見えなくなる前に、ほんの一瞬だけ見えた二つの輝き。

幸せそうにセレスを見つめる、青い瞳だけが強く印象に残った――

ハッと目を覚ましたセレスは、そこが自分の部屋であることを確認して大きく息をついた。

やはり夢だったと分かってホッとした安堵の息か、夢であったことを残念に思う溜息か、セレスには定かではない。先ほどまで見ていた夢は忘れることなく記憶に残っている。

自分と同じ顔をした女性が、男性と幸せそうに寄り添う夢。

あの夢は随分と鮮明だった。夢は自分の願望を映す鏡であると本で読んだことがあるけれど、あれが自分の願望だったらと思うと辛い。これだけクリストファーから嫌われているのに、まだ愛されたいなどと思っているのだろうか。

セレスはぎゅっとベッドのシーツを握った。クリストファーの婚約者として王都にいるよう指示されているのは明日まで。明日の行事が終われば、セレスを優しく迎えてくれる家族のもとに帰れる。

早く眠りについてしまいたくて、セレスは強く目をつぶった。


翌日、隣国へと出発する獣人たちを見送るセレモニーが王宮前で盛大に開かれる中、セレスは心ここにあらずといった状態だった。隣でクリストファーがぶつぶつ何か言っているような気もするが、セレスにとっては昨日の夢の衝撃が大きすぎて気にもならない。

何事もなくセレモニーが終了し、セレスの王都での責務も終了した。これで自領に戻ることができる。見送りに出ていた者たちも大仕事が一つ終わった安堵に包まれていた。

セレスたちが王宮に入ると、中では侍女や近衛兵らを侍らせた王妃が待っていた。

「おお！　マリアンヌよ！　具合はどうじゃ？」

国王が王妃に近付くと王妃はたおやかな笑みを浮かべた。

「陛下、ご心配をおかけして申し訳ございません。お休みをいただきましたのですっかり良くなりましたわ」

クリストファーの母でもあるこの国の王妃は、艶やかな長い黒髪の迫力ある美女であった。傾国と謳われた美貌はいまだ衰えることなく、タイトなドレスを身に纏った体は見事なラインを作り、同性でもドキリとしてしまうような魅力がある。

昨日の式典やパーティーには急な体調不良を理由に欠席していた彼女だが、今の顔色を見ると落ち着いたのだろう。クリストファーも王妃に駆け寄り、体調を心配する声をかけている。

ふと、王妃の視線がセレスに向けられた。王妃に笑いかけられてしまえば、無視することなどできるはずもない。

「王妃様、お久しぶりでございます。体調がよろしくないと伺って心配しておりました」

「まあ、気にかけてくれてありがとう。この前会ったときよりも、セレスはますます綺麗になったわねぇ」

「恐れ多い言葉でございます」

そう言って頭を下げながら、セレスはこのやり取りが早く終わることを願った。

王妃マリアンヌは息子のクリストファーを溺愛しており、クリストファーの不始末は全てセレスの責任とみなす傾向にある。

「こぉんな綺麗なのに、ファーストダンスすらしてもらえないなんて残念ねぇ？」

「それは……」

パーティーには出席していないはずなのに、もう王妃の耳に入っていたのか。

返答に困っていると、二人のやり取りにクリストファーが割って入ってきた。

「そのことですが母上、今度母上に紹介したい女性がいるのです」

言いながらチラッとセレスを見て、意地の悪い笑みを浮かべる。

「今の婚約者なんかより、とっても魅力的な女性なんですよ」

「まぁ！　それは楽しみね！」

王妃とクリストファーが見目麗しい顔に嫌な笑みを浮かべてクスクスと笑い合う。

すると、今まで何も言わずにいた国王が、クリストファーの言葉を聞いて急に慌てだした。

「クリストファー！　セレス嬢になんてことを言うんだ！　お前にはセレス嬢という素

晴らしい婚約者がいるじゃないか！」

「しかし父上、セレスは無愛想で可愛げがまったくなくて、私の婚約者には相応しくありません」

「お前の婚約者はセレス嬢以外ありえん！　これ以上言わせるな！」

国王は大声で息子に釘を刺すと、フンスフンスと怒りながらその場を後にした。

「あら、陛下お待ちになって」

「待ってください父上！」

王妃とクリストファーが後を追う。三人がいなくなり、その場にはセレスと、そしてセレモニーに参加していた高位貴族たちが取り残された。

「……貴方、こんなやり取りを大勢に見せつけてどうするつもりですか」

「そんな……一体どうすれば良かったというの……」

ジェラルドに後ろから声をかけられて、セレスはガクリと項垂れた。

第二章

海に囲まれたバイエルント国の中で、隣国ゲルマルクとの国境のほとんどをアーガスト辺境伯領が占めている。そのためアーガスト辺境伯領では、王宮を守る騎士団とは異なる独自の自警団が存在した。自警団は数万単位の規模を誇り、バイエルント国の防衛の要を担っている。

セレスが馬車での長旅を終えて屋敷に戻ると、珍しく家族全員が揃っていた。父と母、そして一番上の兄と二番目の兄。一番上の兄が結婚して家を出てから、全員が集まることは珍しい。

父はセレスを談話室に呼びソファーに座らせると、目の前のテーブルに紅茶とこれまた珍しいことに様々なケーキを用意した。

「この好待遇……どうしたの？　手厚すぎてなんだか怖いわ……」

「殿下の婚約者として頑張って帰ってきた娘に、これくらいしてもいいでしょう？」

ニコニコと笑いながら母がケーキを勧めてくれる。

確かに今回は色々なことがありすぎた。帰りの馬車の中でも、あのときどうすれば良かったのだろうかと考えてしまって、なかなか気持ちを切り替えられなかった。疲れた体に甘いものがとても嬉しい。

セレスはケーキを口に運びながら、それでも何か裏がありそうだと二番目の兄を見た。

「ん？　他にも何かあるんじゃないかって疑ってる？」

思わせぶりな笑みを浮かべる二番目の兄にセレスが頷(うなず)いて見せると、兄は楽しげに笑った。

「うん。まあ、ちょっとばかし尋問しようと思ってるよ？」

「えっ⁉」

思いがけない言葉にセレスが目を見開く。すると横から咎(とが)めるような声が割って入った。

「アレク、人聞きの悪いことを言うな」

父がたしなめると、二番目の兄——アレクは肩をすくめる。

「だってそうだろう？　あの王サマがどれくらい自分の息子を教育できているのか、セレスを通して知ろうとしてるんだから」

「確かにそうだが、言い方ってものがあるだろ」

一番上の兄、ルークが口を挟む。

「別に誰かが聞いてるわけでもないし、問題ないだろ。ちゃんと盗聴防止魔法はかけてあるからさ」

セレスはケーキを食べながら、相変わらず正反対な兄たちのやり取りを眺める。

セレスの二人の兄は、見た目も性格もまったく異なる。

一番上の兄ルークは、父によく似て武術に長け、筋骨隆々な体と竹を割ったような性格をしている。実力主義の自警団で一番隊隊長を任されていて、部下の面倒見も良い。

一方、二番目の兄アレクは、セレスと同じく母に似て銀髪の髪と紫色の瞳、細身の体は戦闘には不向きだった。けれど魔術に長け辛辣な性格の彼は、自警団の参謀を任されている。

正反対な二人だけれど、お互い認めあって信頼しているのが感じられて、幼い頃のセレスは兄二人の仲の良さを羨ましく思ったものだった。

「それくらいにしておけ。……セレス、王都でのパーティーでは災難だったな。まさか殿下があそこまでお前を顧みないとは思ってなかったんだ」

娘を労る父の発言に、セレスは眩暈がしそうになった。

――なんで父様がそのことを知っているの……⁉

「王宮にはうちの手の者が何人かいるから、お前の行動は筒抜けだったんだよ」

「アレク兄様……それは初耳です……」

「そりゃそうだろ。だって言ってないんだから」

しれっと返す兄にセレスは言葉を失う。すると母が呆れたように溜息をついた。

「まったく……セレスのことが心配だから裏で手を回していると、なんで言えないのかしら……」

やれやれと首を横に振った母は、セレスに似た美しい顔に憂(うれ)いをたたえて娘を見た。

「殿下は貴方との関係をより良いものにしようとは思っていないようね」

母の言葉にセレスの胸は痛む。皆から心配されていると分かっているから、クリストファーに愛されていない今の状態がなんだか申し訳なかった。

「……確かに殿下は私との婚約を煩(わずら)わしく思っていらっしゃるようでした。それに、学園で出会ったラァナ様に好意を抱いていらっしゃいます」

「まったく。王家からの求めを受けての婚約だというのに、あの王子は何を考えているんだ！」

そう言ってルークが憤(いきどお)る。ドンッと叩いたテーブルがミシミシと音を立てた。

「セレス……すまないな。我がアーガスト家はいにしえの約束事に囚われて、王家からの打診を断ることができなかったのだ」

　悔しげな顔をした父が話を続ける。

「アーガスト家の初代当主は、王家に多大な恩があった。初代当主だけでは返しきれなかった恩は次代に受け継がれ、王家が我が家を不要としない限り、我々は忠誠を誓う定めにある」

「今の世の中、そんな時代錯誤なことを真に受けているのは父上くらいでしょうけどね」

　そう言ってアレクは皮肉な笑みを浮かべるとセレスに向かい合った。

「……とまあそういうわけで、お前は人質に選ばれちゃったわけ。国王サマとしたら昔の約束だけでアーガスト家を縛っておくのは心配だけど、お前を王家に取り込んでおけば反旗を翻さないだろうって浅はかにも考えたんだろうよ」

　あけすけな兄の言葉にセレスは絶句する。

　もとより政治的な意味合いが強い婚約だと思っていたけれど、まさか人質とは。

「もし父上から手出しを禁じられてなきゃ、お前を軽んじる殿下を懲らしめてやれるんだけどね。いにしえの約束事だとか、引き継がれる忠誠だとか、王家と我が家の関係はよっぽど根が深いらしい」

「おいアレク、少しはセレスのことを考えて発言しろ」

「ルーク兄なら傷付けずに話ができるわけ？　直情型のルーク兄にそんなことができるのかぜひやってみていただきたいね」

「なんだと？」

「お前たち、いい加減にしろ！」

父と兄たちのやり取りを遠いところの出来事のように見つめていたセレスは、ふと思い至った。

婚約したものの、クリストファーはセレスを快く思っていない。

クリストファーとの婚約がアーガスト家にとって特に意味をなさないのだとしたら、王家さえ許せばこの婚約をなかったことにしてもいいのではないだろうか。

こんな自分でも家族のためになるのであればと、セレスは父から言われた通り婚約者として務めようとしてきた。いずれ夫婦になるのならセレスの父と母のように愛し愛される関係でありたいと思っていたけれど、クリストファーとの関係は冷え切っている。

今まではそれでも婚約者としてあり続けなければならないからと諦めていたけれど、もしかしたら……。

一縷の望みをかけて、セレスは父に尋ねる。

「もしこの婚約が我が家にとって有益なものでないのなら、殿下の望み通り婚約破棄となっても良いのでしょうか？」

　すると父とルークは痛ましげな様子でセレスを見つめた。

「残念だが、いくら殿下が主張しようとも国王は絶対に婚約破棄を認めないだろう」

「俺たち自警団に攻められでもしたら、王都なんかすぐ制圧されちまうしなぁ」

「そうですか……」

　肩を落とすセレスに、アレクは現実を見せるかのように臆面もなく言い放った。

「国王としてはお前を形だけの王妃にしておいて、あとはもう殿下には好きなだけ後宮で楽しんでねってところじゃない？」

「アレク‼」

　あけすけにものを言うアレクにさすがの母も怒る。けれどアレクの言葉自体は誰も否定しなかった。

　恐らく、今の状況をきちんと理解できていなかったのはセレスだけだったのだろう。

　二番目の兄はだいぶ性格に難があるものの、愛情表現が分かりづらいだけで家族に対しては意外と情け深い。こんな言い方だが、セレスのことを考えてくれている。

　――アレク兄様の『人質』って意味がよく分かりました……

　クリストファーから愛される可能性がない限り、セレスは自分の将来に希望がないことをしっかりと理解したのだった。

自分の将来が絶望的であるとはいえ、アーガスト家でセレスはいつも通りの生活を送っていた。自領の子供たちと遊んだり家庭教師を付けて勉強したり馬に乗って体を動かしたりと、穏やかで自由な日々。

そんなセレスの心落ち着いた生活は、アーガスト家に竜王率いる獣人たちが訪れたことで、慌ただしく変化することとなる。王都での式典から一ヵ月ほど、国々を回った獣人の使節団が自国に帰ったという噂がバイエルント国の辺境にもようやく届いた矢先のことだ。

竜王が獣人たちとアーガスト辺境伯領にやってきたと報告を受けたセレスの父は、すぐに使いをやり彼らを屋敷に招き入れた。

式典同様、大柄な獣人たちが並ぶと実に壮観でその迫力に圧倒される。竜王は後ろにウサギの獣人と、もう一人獣人には見えない文官の格好をした男を連れて、父と応接室へ入っていった。

それ以外の獣人はというと……ルークの提案で何故か自警団の者たちと手合わせをすることとなった。

「……本当に、頭が筋肉でできてるヤツって見てて嫌になるよ」

兄のアレクがぼやく隣でセレスは苦笑を浮かべた。

目の前では一番上の兄ルークとライオンの獣人のガイアが剣をぶつけあっている。

そもそも獣人は剣を使うのかと疑問に思ったセレスだったけれど、剣技はたしなみとして学ぶものらしい。自警団の訓練場の片隅で皆の手合わせを眺めていたセレスのもとに、王宮のパーティーで出会ったヒョウの獣人キースが逃げ込んできた。

「もう疲れたーー！　キミたち血気盛んすぎない？　倒しても倒してもキリがないから俺疲れちゃったよぉ」

そう言って地面に座り込むキースに飲み物を差し出しながらセレスは尋ねる。

「キース様、今回はどのような目的でこちらにいらっしゃったのですか？」

アレクも興味深そうにヒョウの獣人を見つめている。

「うーん。俺の口からは何も言えないけど……でもきっと、キミたちの家にはしばらくお世話になると思うよ？」

その言葉通り、セレスの父は獣人たちがしばらくの間、自領に滞在することを告げた。

竜王と父たちがどんな話をしたのかセレスには教えられていない。父と兄二人はそれから何事か忙しくしているようだけれど、セレスは今まで通りの生活を求められた。

違う点と言えば、アーガスト辺境伯領に寝泊まりしている獣人たちと、よく顔を合わせるようになったことくらいだろうか。

アーガスト家には大人数が滞在できるほどのベッドがなかったため、家から程近い宿の一棟を貸し切って使ってもらっている。獣人たちがやってきてまだ三日しか経っていないのに、自警団の者たちとはすっかり打ち解けているようだった。

ルーク曰く、『剣を交わして共に鍛えれば自然と仲良くなるもの』らしい。

セレスが気晴らしに馬に乗ろうと厩舎へ向かっていると、前方からガイアが歩いてくるのが見えた。会釈して通り過ぎようとしたところ、ガイアから声がかかる。なんでもこれからアーガスト家に行くようで、セレスは来た道を戻り一緒に行くことにした。

「ガイア様とは王都でお話しして以来ですね」

「ああ、こちらに来てからはセレス様の兄上になかなか離してもらえなくてな」

「それは……申し訳ございません」

アレクの言葉で言うならば『脳筋』のルークは、強い相手と戦うのが楽しくて仕方ないのだろう。

セレスはガイアに対してなんだか申し訳ない気持ちになった。

「いや、人間の体であそこまで対等にやり合えるのは大したものだ。さすが、だな。それに突然やってきた我々に対して忌み嫌うことなく対等に接してもらえて有り難いと思っている」

「そう言っていただけて兄も喜ぶと思います。皆様との交流をとても嬉しく思っているようですから」

「人間と獣人は今までほとんど交流がなかったからな」

「人間の国に来るのは皆様初めてですか？」

セレスが尋ねるとガイアは少し考えるような顔をした。

「俺は初めてだが……竜王は違う。竜王は一度、この国に来ている」

「バイエルント国に？」

人間の国、ではなくこの国とガイアが言い切ったことに違和感があった。どんな用だったのかとセレスが尋ねるよりも前に「そういえば」とガイアは思い出したように口を開いた。

「セレス様の国ではファーストダンスに約束事があると聞いた。あれも人間の国ならではなんだろうか？」

この前の王宮でのパーティーを思い出して言っているのであろうその発言に、セレスは苦い顔をしそうになるのをなんとか耐えた。

「え、ええ……。そうですね」

「俺たちの国ではそういう決まりはないから分からないが、貴方も大変だな」

「獣人の方々はパーティーやダンスはなさるのですか？」

「一定以上の地位にいるとそういうことが求められる。ただ、獣人社会は番至上主義だから、そもそも番以外と踊るという発想があまりないのかもしれないな」

「番、ですか」

　式典参加にあたりセレスが読んだ文献にも番についての記述があった。

　獣人は本能で番という存在を見つけることができるのだという。人間の夫婦とはまた違う関係性だと書かれていたが、具体的に何が違うのかまでは記されていなかった。強いて人間の国の言葉で説明するのであれば、『運命の赤い糸で結ばれた相手』らしい。

「ガイア様には番がいらっしゃるのですか？」

「ああ。俺が八歳のとき、番の波動を感じて見つけた」

「波動？」

　聞きなじみのない言葉にセレスは首を傾げる。

「獣人は互いの魔力を感じ取って番であることを知るんだ。魔力さえ発現すればどんなに遠く離れた場所にいても、番の魔力を辿って巡り会える。俺もそうやって番を見つけた」

「それは素敵なことですね」

自分とクリストファーとは大違いだとセレスは思う。クリストファーはセレスが婚約者に決まった当初からセレスのことを毛嫌いしていた。もし政治的な繋がりではなく番のような結び付きがあれば、もう少し関係は違っていたのではないだろうか。

「番には強い絆があって、なんだか羨ましいです。……私、自分が至らないせいで殿下に嫌われてしまって……役に立たない婚約者だと見なされていますから」

「……うーん、その考えがよく分からないんだよな」

そう言ってガイアはガシガシと自分の頭を掻いた。

「俺は番のことを愛しているが、別に何かしてくれるから好きなわけじゃない。ただそこにいてくれるだけで愛おしい存在だからだ」

「そこにいるだけで?」

――そんなこと、本当にありえるのだろうか。

だってクリストファーからの寵愛が欲しければ、ああしろこうしろと求められてばかりいるのに。

不思議そうな顔をしているセレスに気付いたのか、ガイアは話を続けた。

「そうだな……。例えば、朝起きて隣に番がいるのを確認するだけで、なんというか、こう……幸せで満たされるって感覚になるんだ。自分の中にあるどこか半分欠けた部分が、番が側にいるだけで埋まってくんだよ。だから番が優秀だとか、役に立つとかそういうのは関係ないんだよな」

初めて聞く内容にセレスは驚き、ガイアの言葉を頭の中で繰り返した。

番といるだけで、幸せで満たされる……？

話を聞けば聞くほど思い知らされる。セレスとクリストファーでは番のような関係にはなれないだろう。番同士の繋がりを羨ましいと思いつつも、セレスは自分がクリストファーと一緒にいるだけで幸せを感じるようになるなんて想像できなかった。

「番は全ての獣人にいらっしゃるものなのですか？」

「いや、そういうわけじゃない。生きているうちに番が現れないこともある。だからこそ、より一層、番と巡り会えたことに感謝するんだ。たった一人の大切な番だから愛が重くなるし、愛情表現が過剰になるのかもな」

「そうなのですね」

セレスが読んだ文献には番に関することまで詳細な説明は書かれていなかった。人間と獣人との関わりはほとんどないため、きっと文献自体も少ないのだろう。獣人に関してセレスの知らないことが、まだたくさんあるのかもしれない。

「獣人に興味を持ったか？」

ガイアの言葉にセレスは頷く。

「それならいくらでも話しかけてくれて構わない。なんせ俺たちは『待機中』で暇だからな」

「ありがとうございます」

ガイアと連れ立ってアーガスト家まで戻ったセレスを待っていたのは、慌てた様子でセレスを探す執事の姿だった。執事から父が自分を探していると聞き、セレスは応接室に向かう。応接室の扉をノックして入室の許可を得ると、セレスは扉を開け、そしてすぐに閉めたくなった。

部屋の中に、竜王がいる。

王宮でのパーティーで竜王から殺気を向けられたことは記憶に新しい。

父から席に着くように言われ、応接室にいる者たちを紹介される。その間、竜王から再び憎悪の眼差しを向けられることを恐れたものの、特にその様子はなくセレスは安堵した。

……ただ、どうしてか、ものすごく視線を感じる気がするけれど……

竜王の強い視線にどうしていいか分からず、セレスは皆の前で話をしている獣人に顔を向けた。

「人間の国々を訪れる中で、竜王が人間の教育制度について興味を示されましてね。四ヵ国の教育機関はそれぞれ見て回りましたので、残すは最初に訪問したバイエルント国だけなんです」

そう説明する獣人はウサギの耳が頭に付いている。

「今、王都に使いを出してバイエルント国の魔法学園を視察できないか打診しております。恐らく許可は下りるでしょう」

シルヴァと名乗ったウサギの獣人はそこで言葉を区切ると、セレスの顔をじっと見つめた。

「その際、セレス様にも学園に来るよう王家から指示がくるかと思います」

「えっ？」

思いがけない発言に思わず声が出てしまう。

学園に通っていない自分の名前が何故ここで出てくるのか不思議だった。

「こちら側の要望として、普段の学生たちの姿を見させていただくためお忍びで伺いたいと伝えてあります。あわせて学生の話を聞きたいとも。バイエルント国の王子が学園に通っている以上、竜王の案内役は王子が行うことになるでしょう。ただ、王子だけでは色々と、不安がありますよね？」

シルヴァの言葉にセレスは曖昧に笑って誤魔化した。

確かにクリストファーだけに来賓の案内を任せたら何をしでかすか分からない。

「宰相の息子はもちろん案内役に含まれるでしょう。ただ、お目付け役は数が多いに越したことはない。そこで貴方の出番です。貴方なら王子の婚約者という立場もあって王家もお願いしやすいでしょうしね」

「で、でも……私は魔法学園に通っていないのです。学園を知らない私が本当に呼ばれるでしょうか」

「呼ばれると踏んでいます。通っていないのなら通わせればいいだけ。王家は貴方の事情を顧みないような方たちなのでしょう？」

「それは……」

確かにシルヴァの意見はもっともだった。今までセレスが学園に通わずにこれたのは、通っていなくても王家の不利益にならなかったからに他ならない。王家が必要だと見なせば、セレスの希望など一切聞かずに学園に通わせるだろう。

セレスに不憫そうな眼差しを向けたシルヴァは、すぐに表情を戻し言葉を続ける。

「学園に通うことになったらセレス様にお願いしたいことが二つあります。一つは、我々獣人がアーガスト家に滞在していることを伏せること。そしてもう一つは、竜王と王子が二人だけで話ができるよう、その手助けをしてほしいのです」

「殿下と竜王様が？」

意外なお願いにセレスは瞳を瞬かせた。

一つ目のお願いはなんとなく分かる。どんな理由で滞在しているのかは分からないけれど、獣人が一貴族の家にずっといると知られれば不信感を抱かせてしまうだろう。でも、二つ目のお願いは理由が分からなかった。

「もちろん、竜王自らがそうなるように動きます。ただ、そのときにもしも上手くいかないことがあれば、セレス様に手伝っていただきたい。その程度だと捉えてください」

流暢に説明するシルヴァを見て、そして父の顔を見る。このことは皆の中で決定事項なのだろう。いくら学園に行きたくないとセレスが訴えても、聞き入れられない程度には。

「……セレス。お前が学園を拒絶する理由は、よく分かっている。ただ、今回はそれを知った上でなお、お前に頼みたいんだ」

暗い顔をしたセレスに気付いた父がそう言葉をかける。シルヴァが続いて言った。

「恐らくセレス様は竜王が視察に赴くよりも前に、学園に通い始めることになるかと思います。こちらもできる限り早く視察の予定を入れるようにいたしますので」

「……分かりました」

いずれにせよ、王家から指示があれば、従わないという選択肢はセレスにはない。

了承した旨を伝えると、これまで黙ってセレスを見ていた竜王が突然口を開き、「そんな顔をするな」と低い声を出した。

「えっ？」

「不幸を煮詰めたような顔をしている。貴方のそんな顔を見ているとこちらまで苦しくなるんだ」

「も、申し訳ございません！」

不快に思わせたと気付き慌てて頭を下げたセレスに、竜王は首を横に振ると、セレスの瞳をじっと見つめた。

「俺が学園を視察することで、貴方を行きたくない学園に強制的に通わせ、苦しめることになる。だが、いずれ全ての苦しみから解放することを誓おう」

「は、はい……？」

真意が読めない言葉に首を傾げる。ただ、竜王が怒っていないことだけは分かった。

人を惹きつける、強い魅力を放つ竜王に嫌われるのは悲しい。だからこそ竜王の穏やかな様子に安堵したセレスは、ずっと聞きたかったことを尋ねた。

「あの……一つだけ伺ってもよろしいでしょうか」

「なんだ？」

「竜王様は、人間の教育制度に興味を持たれたから、学園に行くのですよね……？」

セレスの言葉に竜王はニヤリと笑う。

「表向きはな」

セレスはその表情と言葉から何やら不穏なものを感じて、これ以上追及しないことに決めた。

シルヴァの思惑通り、数日後セレスのもとに魔法学園に通いクリストファーを支えるよう王家からの指示が届いた。

文書と共に学園で着用する制服が送られてきたので、もとからセレスに選択肢は与えられていないのだろう。届けられた制服を身に纏ったセレスは、鏡に映る自分の姿に目を向ける。

そこには途方に暮れたような、情けない顔をしたセレスが映っていた。

（おかしな話ね……幼い頃の自分は、この制服を着て学園に通うことを夢見てたのに……）

でも今は、憂鬱（ゆううつ）な気持ちにしかならない。

セレスが幼い頃、学園に通っていた兄たちが長い休みに入って王都の屋敷から本宅に帰ってくると、せがんで学園での話を聞かせてもらったものだった。セレスにとって学園は憧れの場所で、大きくなったら兄たちのように通うことを楽しみにしていた。

それが、まさかこんな形で通うことになるとは思ってもみなかったけれど。

学園に通うため王都への出発を明日に控えたその日の午後、セレスは父の命令で竜王をお茶会に招くこととなった。

家にいる間くらい心穏やかに過ごしたいと思っていたのに、何故こんなことになってしまったのか……

アーガスト家の庭園に白いクロスがかけられたテーブルが急きょ用意され、その上にはティーセットや色とりどりのお菓子に軽食が並べられている。

そして、目の前に座る竜王の姿。式典のときと異なりワイシャツとスラックスというシンプルな格好をした竜王は、もともとの容姿の良さが際立っているようだった。ハッキリとした顔立ちの美丈夫はセレスの視線に気付くと穏やかに微笑んだ。

「竜王様」

「ローファンだ」

「ロ、ローファン様……」

「……まあ、今はいいだろう」

もしこの場にアレクがいたら『何がだ』とツッコミを入れていたであろうが、生憎この場にはセレスとローファンの二人しかいなかった。

「今回は、突然の茶会の誘いに応じてくださり感謝いたします」

「いや、構わない。もともとアーガスト辺境伯にセッティングを頼んだのは俺の方だからな」

「えっ？」

セレスが目を見開くとローファンが真剣な顔で告げる。

「セレス嬢と二人だけで話がしたくて俺がお願いしたんだ。明日になったら、また会えなくなってしまうから。出発前の忙しい中、会う機会を設けていただきこちらこそ感謝する」

そう言ってローファンは頭を下げた。獣人の王からそんなことを言われてセレスは動揺する。

――それって、もしかして……

いずれこの国を背負って立つ王子の婚約者がどの程度の人物か見極めようとしているのかしら……？

そう考えると、学園でクリストファーと二人きりになりたいという要望も理解できた。

恐らく、クリストファーが王に相応しいかどうかも見定めようとしているのだろう。

セレスはぎゅっと唇を結ぶと、覚悟を決めてローファンに向かい合った。

「改めて自己紹介させてほしい。俺の名はローファン。竜の獣人で、獣人たちを取りまとめる立場にある。皆からは竜王と呼ばれているが、セレス嬢にはローファンと名を呼んでほしい」

そう言って甘く微笑むと、さらに続けた。

「趣味は実益も兼ねた魔獣狩りだ。ただ最近では張り合いのある相手がなかなかいなくてな。簡単に倒してしまってつまらん。食事は好き嫌いなくなんでも食べる。セレス嬢は甘いものが好きだと聞いた。獣人の住む大陸にも独自の甘味の文化があって、ぜひセレス嬢にも……」

「ちょっ、ちょっと待ってください！」

想定の斜め上をいく話の数々に、セレスは思わず待ったをかけてしまった。

一体なんの話をしているんだろう⁉

「セレス嬢にはもっと俺のことを知ってほしいと思ったんだが、つまらなかっただろうか？」

「そんなことありません！　ただ、思っていた流れと違っていて……」

優しくセレスを見つめるローファンに、セレスはなんだか落ち着かない気持ちになる。

先ほどまで考えていた王子の婚約者としての覚悟からではなく、ローファンから醸し出される温かで甘い雰囲気にセレスは緊張していた。

「ああ、俺から一方的に話すばかりですまない。セレス嬢から、何か聞きたいことはないか？」

「えっ、私ですか？」

「なんでも聞いてくれて構わない」

突然ローファンから促されて、このお茶会に備えて用意していた話題の数々は頭から飛んでしまった。

「え、っと……ローファン様は、他の獣人の方々と違って人化しても獣の特徴が現れないんですね……？」

咄嗟に気になっていたことを口にしてしまい、セレスはすぐに後悔する。

……これじゃあ本当にただ聞きたいことじゃない。

獣人の政治についてとか、王子の婚約者としてもっと相応しい話題があったはずなのに……。

セレスが脳内で頭を抱えていることなど知らないローファンは、特に気にした様子もなく質問に答えた。

「そうだな。竜の獣人は人化しても表面上は人間と変わらない。人化して獣の特徴が出ないのは、竜の獣人か、もしくは化けているかのどちらかだろう」

「そうだったのですね」

セレスが納得して頷くと、ローファンの青い瞳がセレスを見つめる。ローファンから『もっと質問しろ』と無言の圧力を感じて、セレスはつっかえながらも会話を続けた。

二杯目の紅茶も残りわずかとなり、そろそろお開きの時間だとセレスが思った頃。

「俺からもセレス嬢に聞いていいか？」

ローファンがそう言って尋ねてきた。その頃には、一番初めに抱いていた竜王に対する恐れはセレスの中から消えていたので、ローファンの言葉に穏やかな面持ちで頷く。

「ええ、もちろんです」

「セレス嬢はこの国の学園に通うことを嫌がっているようだったな。それは何故だ？」

「それは……」

説明しようとして開いた口は、言葉が出てこなくて固まってしまった。

理由を伝えようとすると、あのときの記憶が蘇ってくる。トラウマになっていると は思っていたけれど、想像していた以上に自分はあの出来事に囚われているようだった。

「……っ、あ……すみません！　あの、実はですね」

「もういい」

低い静かな声が聞こえ前を向くと、ローファンが労るような眼差しを向けていた。

「無理に聞こうとしてすまなかった。セレス嬢が言いたくないことならば無理に言わなくていい」

「……申し訳ございません」

頭を下げたセレスに、ローファンは不思議で仕方ないという顔をした。

「何故謝るんだ？」

「えっ？　それは……私が、ローファン様の質問に答えられなかったからです」

「そうか……」

ローファンは少し考えると、言葉を選びながらセレスに向かって言った。

「俺の求めに応えようとしてくれる姿は好ましいが、応えられなくても構わない。それなら違う方法を探せばいいだけだから」

でも――

そう言ってローファンは凛々(りり)しい顔立ちを和(やわ)らげた。

「セレス嬢の誠実さは、とても素敵だと思う」

竜王の、思いもかけない表情を見てセレスはそっと目を伏せた。

優しい言葉にぎゅっと胸が締め付けられる。

これ以上見ていたらなんだか泣いてしまいそうな気がして、見ていられなかった。

第三章

バイエルント国魔法学園。

八歳から十九歳までの貴族の子息子女が通うその学園は、年齢に応じて初等部と高等部に分けられる。魔法の勉強はもちろんのこと、貴族間のマナーを教えられたり、爵位の垣根を越えて生徒同士の交流を深められたりする、バイエルント国唯一の教育機関である。

公爵令嬢から学園のサロンに来るよう呼び出されたラァナは、内心舌打ちしたい気分だった。

男爵家のラァナは爵位を重視する貴族社会では弱い立場にある。

――まったく。私の手を煩わせるなんて、あの『犬』は何をしているのかしら。

サロンに着いたラァナはそんな感情をおくびにも出さず可愛らしくお辞儀した。

「アリーヤ様、ご機嫌よう。私をお呼びとのことですが、どのようなご用件でしょう?」

周囲に取り巻きの令嬢を侍らせてサロンの上等なソファーに座るアリーヤは、苛立ちを隠すことなくラァナに高圧的な態度を取った。

「あら、呼ばれた理由が分からないの? ……それとも分からないふりをしているのかしら」

気位の高そうな顔を歪め、手にした扇をイライラと振りながらアリーヤは言う。

「聞いたわよ。私の婚約者であるアルバート様と随分親しげに話をしていたそうじゃない! 貴方、何様のつもりなの!?」

アリーヤの感情が爆発し、ピリピリとした空気がサロンに流れる。

そんな中、ラァナは「ああ!」と明るい声を出した。

「確かにアルバート様とは廊下でお会いして少しお話しさせていただきました。でも、それは、アリーヤ様のことを話していたのですよ？」

「……私の？」

「ええ。アルバート様ったら……フフッ、アリーヤ様を褒め称えることばかりおっしゃって。よっぽどアリーヤ様のことがお好きなのね。あてられてしまいましたわ」

そう言ってラァナがニッコリと笑うと、アリーヤは分かりやすく狼狽えた。

「まあ！　そんなことを⁉」

「ええ、アルバート様はアリーヤ様に夢中ですから」

「そ、そう。そうだったの。……ごめんなさいね、私どうやら勘違いしていたみたいだわ。最近アルバート様が冷たい気がして、神経質になっていたみたい」

「気になさらないでください」

ラァナは人当たりの良い笑みを見せると、一変、表情を曇らせた。

「アリーヤ様が心配になられる気持ちはよく分かります。私も、もうすぐ学園にセレス様がいらっしゃると聞いて、不安で……」

「ああ、『氷の悪女』と噂が流れている方ね」

「はい……クリストファー様は気にしなくていいとおっしゃっていましたが、それでも権力を盾に色々言い出してくるんじゃないかと心配で」

「まあ、そんな心配を！　安心なさい。もしそのようなことになったら公爵家の私が黙っておりませんわ。貴方には私が付いておりますからね」

勘違いで罵ってしまった罪悪感からアリーヤがそう言うと、ラァナは健気に微笑んだ。

「アリーヤ様にそう言っていただけて嬉しいです」

儚げな笑顔の裏で、ラァナはアリーヤから引き出せた言葉にニヤリと笑う。

（その言葉、有り難く使わせていただきますね？）

そんなことを考えているとはおくびにも出さず、ラァナは如才なく振る舞いサロンを後にした。

アリーヤに呼び出された翌日、ラァナは『犬』を呼び出していた。

『犬』が委員長として使用している教室にノックもなしに入ると、窓際に立っていた『犬』が嬉しそうにラァナを見る。

「……ああ、ラァナ様！　今日もとても麗しい！」

駆け寄ってくる『犬』に待てをして、ラァナは腕を組んだ。

「アルバート様、昨日ラァナはアリーヤ様に叱られてしまいましたわ。婚約者を大切にしないとダメじゃないですか」

「あの女が貴方にそんなことを……申し訳ございません。なんてお詫びすれば……」

「ラァナ謝罪は要らないの。それより、アリーヤ様にちゃんと優しくしてあげる？」

「ですが、彼女はラァナ様と比べて……」

「ちゃんと、優しくしてあげる？」

「……貴方が、それを望むのであれば」

渋々ではあるものの、その言葉にラァナは満足げに頷く。望み通りの返事ができた『犬』にご褒美をあげるため、ラァナは両手を広げた。

パァッと満面の笑みを浮かべたアルバートがラァナに駆け寄る。背の低いラァナの胸に飛び込むため、地面に膝立ちになったアルバートをぎゅっと抱き締めてやりながら短髪の頭を撫でた。

「ラァナ様……ラァナ様……！」

「フフッ、いい子いい子」

ひとしきり頭を撫でたラァナは両手でアルバートの頬を包み、自分の方に顔を向けさせた。

「ラァナはね、お父様の命令でクリストファー様と結婚しないといけないの」

その言葉に悲しげに目を伏せようとしたアルバートを制し、自分を見つめさせる。

「でも、アルバート様がえらぁぁい騎士様になったら、護衛と称して後宮に遊びに来てくれる？」

そう言って、ラァナは甘く滴るような笑みを浮かべた。

「できるよね？　アルバート様のお父様は騎士団の団長を務められる方だもんね？」

ぼうっと熱に浮かされたような顔でラァナを見つめていたアルバートは、大きく頷いた。

「頑張ります。ラァナ様のお側にいられるように、精進いたします」

「ありがとう。嬉しいわ」

目を細めて自分の可愛い『犬』を撫でながら、ラァナはもうすぐやってくる『氷の悪女』のことを思う。

――ここまで上り詰めたんだもの。邪魔はさせないわ。

どうしようか考えながら、ラァナは可愛らしくうふふと笑った。

長旅を経て王都の屋敷に到着したセレスは、この短期間で再び戻ってきたことに憂鬱な気持ちになった。

けれど、もともと二週間後にはクリストファーの誕生日を祝うパーティーに出席する予定だったのだ。そう考えれば王都に来るのが少し早まっただけ。

――学園に通うことさえなければ。

感傷的になっていたセレスは、王宮から伝令が来たと聞いて嫌な予感がした。

セレスの予想通り、伝令はクリストファーからの呼び出しを伝えるもので、断ることができる立場にないセレスは、前回同様王子の執務室を訪れていた。

「明日から学園に通うことにしたみたいだな」

黙っていれば端整な甘いマスクを、人を見下した表情で台なしにしたクリストファーが言う。王家からの指示で通うことになったのに、まるでセレスの自発的な行動のように言われて首を傾げた。

「……そうですね」

クリストファーがどこまで知っているのか分かりかねて言葉を濁す。

もしかしたら、まだクリストファーには竜王の視察について話していないのかもしれない。口が軽いクリストファーに言うとペラペラしゃべってしまいそうだからと、直前まで伏せているのだろうか。

「お前が学園に行ったからといって俺に相応しい女になるとは到底思えないが、だがその行動だけは評価してやろう」

ふてぶてしい態度でのたまうクリストファーにセレスは頭を下げる。

「……ありがとうございます」

「うむ」

機嫌の良さそうなクリストファーは、思いもかけない言葉をセレスに伝えた。

「今まで学園に通ったことがないなら、初めてのことできっと不安だろう。明日は、俺が直々に一緒に行ってやる」

「よろしいのですか？」

「ああ、もちろんだ。お前は俺の婚約者だからな」

クリストファーの言葉にセレスは耳を疑う。

今、私のことを婚約者と言ったの……？

「……ありがとうございます」

――信じられない……

今までセレスが婚約者であることを嫌がって距離を取ってばかりいたのに、どういう風の吹き回しだろう。それに、セレスの身を案じて一緒に行くことを提案してくれた。

こんなに優しい言葉をかけてくれるなんていつぶりだろうかと考えたが、セレスは前回のことを思い出せなかった。もしかしたら今までなかったのかもしれない。クリストファーの急な変化に戸惑いつつも、自分のことを気にかけてもらえたことを嬉しく思ってしまう。

セレスが期待と疑いを抱く一方で、執務室の机の上には、やはり何も置かれていなかった。


翌日、クリストファーは約束通り、王家の馬車で屋敷まで迎えに来た。

馬車の中でクリストファーからいかに自分が学園で慕われているかを聞きながら、セレスは人生で二度目となる学園に足を踏み入れることとなった。

馬車から降りてセレスが姿を現すと、貴族たちの視線が一斉にセレスに集まる。

ずっと学園に通っていなかった王子の婚約者が突然入学するとあって、貴族たちは興味深そうにクリストファーとセレスを見つめていた。ヒソヒソと噂話をする声まで聞こえてきて、セレスは下を向いてしまいそうになるのを必死で耐えて前を向く。

一方、クリストファーはそんな視線などちっとも気にしていないようだった。むしろ皆の注目を浴びて喜んでいるようにも見える。セレスは今日ばかりはそんなクリストファーがとても心強かった。

クリストファーと共に校舎に入り、まずは入学手続きのため理事長室へ向かっていたときだった。

生徒たちのざわめきを上回るほどの大きな甘い声が廊下に響き渡った。

「クリストファー様～～～！」

二人が声の方を見ると、ラァナとジェラルドがこちらに向かって歩いてくる。

ラァナは駆け寄ると、セレスなどお構いなしにクリストファーにすり寄り、腕をぎゅっと握った。

「おはようございますっ！　クリストファー様がいらっしゃるのをお待ちしておりました！」

「ああ、おはよう。ラァナは今日も可愛いなぁ」

「うふふっ。ありがとうございます！」

ニコニコと笑うラァナに顔を綻ばせたクリストファーは、掴まれた腕を振りほどくことなくラァナの好きにさせている。

「早く生徒会室に行きましょう？」

「あ、いや、今日は先に理事長室に行かないといけないから……」

そう言ってセレスをチラッと見たクリストファーは、ラァナに断りの言葉を告げる。

するとラァナは魅惑的な笑みを浮かべ、口元に手をあてると背伸びしてクリストファーに囁きかけた。

「今日はとぉっても楽しい企画を用意してるんです。皆クリストファー様が来るのを待っているんですよ？」

その囁きはセレスにも聞こえるくらいの音量であったため、ラァナがなんと言ったのか簡単に知ることができた。

ラァナの言葉を聞いたクリストファーは口元をニヤけさせ、途端にそわそわと落ち着かない様子になる。早くそちらに行きたいと思っているのが一目瞭然だった。

多少は気まずいと思っているのか、クリストファーは視線を逸らし、呆然と立ちすくむセレスに向かって早口で告げた。

「俺は用事を思い出した！　理事長室にはジェラルドと行っておけ！　ジェラルド、あとは頼んだぞ!!」

「承知しました」

「ラァナ、行くぞ！」

「はぁ～い！」

セレスの顔を見ることなくクルリと背を向けたクリストファーは、もうセレスのことなど忘れてしまったように足早に去っていった。

「……とりあえず、行きますよ」

そう言って歩き始めたジェラルドの後を追いながら、セレスは内心溜息をついた。

昨日感じた淡い期待がいともたやすく裏切られていく。

やっぱり……と思いつつ、少し寂しい。

今まで、将来は絶望的だと自分に言い聞かせながらも、いつかクリストファーがセレスに目を向けてくれる日がくるのではないかと思っていた。

セレスを見て、少しでも心を砕いてくれたら、何かが変わるのではないか、と。

でも……昨日、確かに自分に意識を向けてくれたと思ったのに、結果は何も変わらなかった。

期待した分、ただ虚しいだけ。

今後、もしかしたらクリストファーの気まぐれでセレスを愛してくれることがあるかもしれない。でもそれだって他の女性に簡単になびいてしまうくらいの愛しか得られないのだろう。

クリストファーの婚約者になって十年以上経つのに、そんな当たり前のことをようやく理解した自分が情けなくて、セレスはそっと目を伏せた。

ジェラルドと共に理事長室に行くと、この学園の理事長兼、宰相補佐を務める年若い男性が待っていた。

「アーガスト辺境伯令嬢、初めまして。……おや、君が一緒だったのか。てっきり殿下が一緒かと思っていたが」

「殿下は急な予定が入りましてね。私は代理ですよ」

宰相(さいしょう)を父に持つジェラルドは、顔馴染みの宰相(さいしょう)補佐に苦笑してみせるとセレスに向かって言った。

「入学に関する書類は提出済みなのでしょう？　ならばあとは例の儀式だけですね」

「ええ……」

『儀式』と聞いて顔を強張(こわば)らせたセレスに気付かず、宰相(さいしょう)補佐は傍らの机に置かれた水晶を持ち上げた。

「この儀式も伝統的と言えば聞こえはいいが、いちいち理事長の立ち合いが必要というのは難儀なものだね」

そう言ってセレスをソファーに座らせると、前のテーブルに水晶と、それを固定させるための敷物を置いた。この水晶は魔力を注ぎ込むと金色に光り輝く仕組みになっている。水晶を光らせることが魔法学園入学の条件なのだ。昔は一定以上の魔力がないと入ることができなかったそうだが、今は形式だけで、どれほど微量な魔力でも光るように変えられている。

セレスは、自分の心臓がドクドクと大きく嫌な音を立てているのに気付いていた。自分の動揺を二人に悟られないように、浅い息を繰り返す。

セレスは、かつて、この水晶を前にしたことがあった。

そして、出来損ないのセレスを嗤う、あの嫌な声を――

「では、こちらに手をかざして魔力を放出してください」

宰相補佐の言葉に我に返ったセレスは、ぎゅっと唇を結んで両手を前に出した。

震えそうになるのを必死で抑える。

――大丈夫。今の私は、あのときの私とは、違う……！

セレスが手のひらから魔力を注ぐと、水晶はぼぅっと金色の光を放った。

あっけないほど、すぐに終わった。

「はい、これで終了です。本来であればこの儀式の後ご両親を含めた面談を行うのですが、中途入学ですので今回は省略しましょう。後のことは各授業の教師に任せているので、困ったことがあればなんでも相談してください」

「分かりました」

小さく息をつく。背中に流れる冷や汗が気持ち悪かった。

「すみませんが、私はもう王宮に戻りますので、教室まではジェラルド君に任せますよ」

「随分と慌ただしいですね」

「……王妃様がまた宝飾品をねだっていてね。折角作った予算案を変更しないといけないんだよ」

そう言って溜息をついた宰相補佐は、セレスとジェラルドを部屋の外に送り出した。

「まったく、補佐殿も大変ですねぇ」

「王妃様は、その、華やかな方でいらっしゃいますから……」

教室まで歩きながらジェラルドと話す。クリストファーの母はゴールドに目がないことで有名だった。非難めいたことを口にするのは憚られて、セレスは曖昧に返事をする。

「華やかねぇ。金食い虫の間違いではないですか」

「ジェラルド様……」

言い過ぎだと咎めるセレスに、ジェラルドは肩をすくめた。

「アーガスト家の立場なら分かっていただけると思ったのですがね。私どもの家でも、思うところがあるんですよ」

そう言ってジェラルドは冷ややかに笑った。

一方、時は進み、生徒会室に二人残ったクリストファーとラァナはしっとりと寄り添いあっていた。気だるげな様子のクリストファーの顔を下から覗き込んで、ラァナは愛らしく尋ねる。

「クリストファー様……セレス様の付き添いはよろしかったのですか？」

「何を馬鹿なことを。あんな女より可愛いラァナを優先するに決まってるだろう？」

そう言って手を伸ばしてきたクリストファーをやんわり制して、ラァナは言う。

「クリストファー様はぁ、ラァナのこと、好きですか？」

「もちろん大好きだよ」

「セレス様より？」

「もちろん！」

クリストファーの返事にキャッと嬉しそうに笑ったラァナは、クリストファーの胸に頭を寄せた。

「それなら……セレス様との婚約を破棄して、私をクリストファー様の婚約者にして？」

「えっ……？」

ラァナの甘いおねだりにクリストファーは分かりやすく動揺する。

「で、でも、父上は許さないだろう」

「どうしてですか？」

「どうも父上は、アーガスト辺境伯のことをいたく気に入っているようなんだ」

「まぁ！　クリストファー様、それなら心配要りませんよ？」

そう言うとラァナはトロリと微笑んだ。

「アリーヤ様が私たちの味方になってくださるそうです。アリーヤ様は公爵家。辺境伯よりも爵位は上です」

「公爵家が？　それは心強いな！」

「ええ！」

「そうか……婚約破棄、婚約破棄か……」

ブツブツと考え出したクリストファーに、ラァナは口元を吊り上げた。

『辺境伯の権力を使って強引に王子の婚約者まで上り詰めた、悪魔のような女』

『ニコリとも笑わず、氷のような心を持ち、気に食わない者がいれば氷漬けにしてしまう、恐ろしい女』

『氷の悪女』とは、学園の中でこんなにも肩身が狭いものなのだとセレスは思い知った。

座学の授業はいい。問題は魔法実技の授業で、二人組を作るとき女子生徒はセレスに怯えて近付こうとしない。

待っているのではなく自分から声をかけなければ、とセレスが比較的大人しそうな女子グループに話しかけに行ったときには、「も、もし粗相をして不快に思われてはいけませんので、どうかご容赦を……！」と頭を下げられてしまった。

男子生徒はラァナの信者が多いようで、初めからセレスを敵視している。

そうなるとセレスが組めるのはクリストファーかジェラルドくらいで、その結果、『婚約者の地位を使って強引に王子や側近と一緒にいる女』という噂を助長させる悪循環に陥っていた。

「おかしいわ……なんでこんなことになってしまうの……」

屋敷のベッドでうつ伏せになりながら、セレスは呻き声を上げた。

婚約者のクリストファーとの関係は改善していない代わりに悪化もしていない。

一方、学園では噂を払拭するどころか悪女の地位を確立してしまっている。

セレスは早く竜王が視察に訪れることを祈った。

――その祈りが届いたのかどうか。

次の日、執事から視察日が二日後に決まったと知らせがあった。

視察日当日、セレスが早めに学園に着くと、理事長室に来るよう呼び出しがあった。

許可を得て中に入ると、部屋では理事長である宰相補佐とジェラルド、そして教師と同じ紫色のローブを羽織った竜王とヒョウの獣人キースがソファーに座って待っていた。

「この度はこちらの要望に協力していただき感謝する」

竜王がセレスに向かってそう言って立ち上がったため、慌てて礼を執った。

「少しでも竜王様のお役に立てるのであれば光栄でございます」

「まだ殿下が来ておりませんので、しばしお待ちください」

宰相補佐が竜王に伝えてからしばらく経って、クリストファーがやってきた。

さらにクリストファーの後ろには、どういうことかラァナまでいる。

セレスがそっとジェラルドを見ると、ジェラルドは何も知らないと小さく首を横に振った。

「殿下！　その……後ろの方は？」

宰相補佐が慌てて声をかけると、クリストファーは何故か威張って言う。

「ラァナが一緒に来たいと言うから連れてきた。何か問題でもあるか？」

「ですが……今回、竜王はお忍びでの視察を希望しておりますので……」

宰相補佐がチラッと竜王を窺う。

「この女が呼ばれているのであれば、ラァナ一人くらい増えても問題ないだろう」

そう言ってセレスを指差したクリストファーが宰相補佐に向かって自説を口にする。

「しか し……」

宰相補佐の視線を受けて、竜王が立ち上がりクリストファーと対峙する。

その迫力に一歩後退ったクリストファーに対し、竜王は口元に笑みを浮かべた。

「こちらは構わない。むしろ、今回教育機関の視察を快く受け入れていただき、王家には御礼申し上げる」

竜王の穏やかな雰囲気にあからさまにホッとした様子のクリストファーは、「うむ」と言ってソファーに座った。クリストファーにくっつくようにラァナが隣に座る。

全員が揃ったところで宰相補佐が今日の説明を始めた。

「本日はこの国唯一の教育機関である当学園を、竜王とキース様のお二方が見て回られます。殿下のクラスで本日魔法実技の授業がございますので、そこで成績優秀者が魔法披露を行う予定です。会場となる円形競技場には客席が多数ございますので、お二方にはそちらでご覧いただければと存じます」

「成績優秀者と言うのならば、俺が披露するしかないな！」

宰相補佐の説明に、クリストファーが力強く頷いてみせる。

事前にジェラルドに魔法披露の依頼をしていた優秀な宰相補佐は、そんなことはおくびにも出さずにその言葉に同意した。

「……殿下が披露してくださるのであれば、ぜひお願いいたします。あとは女子生徒の代表として公爵令嬢のアリーヤ様に行っていただきます」

「クリストファー様……」

小さい声、といっても全員に聞こえる声でラァナがクリストファーに話しかける。

「ん？　どうした？」

「折角でしたら、魔法披露はセレス様に行っていただいたらいかがでしょう？」

突然自分の名前が出たことにセレスは驚く。

「私、ですか？」

「ええ！　セレス様はクリストファー様の『優秀な』婚約者なのでしょう？」

ニッコリとセレスに笑顔を見せたラァナは、そう言ってクリストファーの反応を窺う。

するとクリストファーが心底馬鹿にした声を上げた。

「ハッハッハ！　この女が優秀？　ラァナ、お前は知らないかもしれないが、この女は学園に通う資格すらなかったような女だぞ⁉」

そう言ってクリストファーはセレスを指差してニヤリと嗤った。

「八歳になっても魔力を出せなかった出来損ないが、優秀な婚約者なわけないだろう⁉」

心ない言葉が胸を抉り、思い出したくないセレスの過去を掘り起こす。

青ざめた顔をするセレスなどお構いなしに、クリストファーとラァナは会話を続ける。

「えっ？　魔力って、平民だって三、四歳の頃には皆、発現しますよね⁉」

「ああ、そうだ。どんな子供だって五歳までには魔力が現れるのに、この女ときたら入学の年になってもまだ魔力が出せなかったんだぞ？」

「まあっ！　そんな方と婚約しなければならなかったなんて……クリストファー様、なんておいたわしいの！」

「ラァナは優しいな。それに比べてお前という奴は」

クリストファーはセレスを睨み付ける。暴かれたくない過去を無理矢理引きずり出され、小刻みに震えるセレスのことなどまったく気にしていないようだった。

「優秀でもなければ愛想もない！　お前のような女が俺の婚約者だなんて、恥ずかし……」

——ドガァァァン‼

突然大きな音が聞こえ、クリストファーの暴言が止まる。

その場にいた全員が音のした方を見ると、竜王が片手を挙げた。

「……失礼。虫がいたので蹴り飛ばしてしまった」

見ると、大理石でできたテーブルの足にヒビが入っている。

「損害については弁償させていただく。……それより、もういいかな？　視察の話を進めたいのだが」

ニッコリと笑った竜王に、圧倒されたクリストファーが無言で頷いた。

セレスは震える手をぎゅっと握りしめる。

宰相補佐が話を再開する中、セレスは先ほどの竜王の言動を思い返していた。

クリストファーの言葉をあのタイミングで遮った竜王の行動は、きっとセレスのためにしてくれたのだと思う。

自分のために動いてくれたことが信じられなくて、同時にじんわりと胸の奥が温かくなる。

（嬉しい……。……でも……）

けれど、クリストファーの言葉はどれも本当で、だからこそ余計にセレスを傷付ける。

セレスは顔を下に向けてしまいそうになるのをなんとか耐えて宰相補佐の話を聞いていた。

魔法披露が行われる学園の円形競技場は、全生徒が入ってもまだ有り余るほどの広さを誇り、競技場を囲うように客席が上に伸びている。

竜王とキース、そしてセレスは目立たないよう一番上の席に座った。

理事長室で一緒に話を聞いた他の三人は今、競技場近くにいる。

クリストファーは魔法披露を行うため、ラァナはその応援に、そしてジェラルドはもしクリストファーが失敗したときに備えて側に控えていた。同じクラスの生徒たちは競技場近くの客席で見学しているが、幸か不幸かセレスがいないことに気付いて声を上げる者はいなかった。

「セレスちゃん、そんな顔しちゃダメだよー幸せが逃げていっちゃうでしょ?」

理事長室を出てからずっと浮かない顔をしているセレスに、キースが明るい声をかける。

セレスが視線を上げて返答するより早く、竜王がキースの名前を呼んだ。

「……キース」

「あー……ハイハイ。邪魔者は離れますよーっと」

そう言って立ち上がり、キースは離れた席に移動した。

「あ……」

キースがいなくなってしまえば、残るはセレスと竜王だけ。

二人きりになると竜王は気遣わしげに隣に座るセレスを見た。

「セレス嬢……」

竜王……ローファンから何を言われるのか聞くのが怖くて、セレスは遮るように口を開く。

「あ、の……この前尋ねられましたよね、私がなんで学園に通うのを嫌がっているのかって。先ほどの話で分かってしまったかもしれませんが、私……そもそも学園に入れなかったんです」

いつも以上に自分が饒舌であると気付きながらも、止めることができなかった。

「魔力が全然発現しなくて……他の子たちが当たり前にできることが私にはできなくて、学園側から入学を断られたんです。結局十歳になってようやく魔力を出せるようになりましたけど、出たからといって学園に行きたいとは思えませんでした」

あのときのことを思い出して、胸が苦しくなる。

周囲の人々がセレスを見るときの、呆れた視線、嘲るような視線、不憫に思う視線。

そのどれもがセレスを苦しめていた。

「殿下が私を忌み嫌うのも当然なんです。だって私は、出来損ない……」

「もういい！」

セレスの言葉を遮るようにローファンが声を荒らげた。その顔はセレス以上に苦しそうで、セレスは驚いて目を見開く。

「貴方が苦しむ顔をこれ以上見たくない」

ローファンの大きな手がセレスの顔に近付く。

あと少しで触れる、というところでピタリと止まり、そして名残惜しそうに離れていった。

「セレス嬢……貴方は愛されるべき存在なのに、なんでそんなに辛い思いばかりしているんだ。貴方の感情が流れてきて、俺まで胸が苦しくなる」

「も、申し訳……」

「謝らないでくれ」

咄嗟に謝罪しようとしたセレスを遮って、ローファンが真剣な顔でセレスを見つめた。

「貴方を見つけたとき、何故もっと早く……と思わずにいられなかった。今、改めてそう思う」

セレスはローファンのブルーの瞳が切なげに細められるのを呆然と見ていた。

「俺は、貴方をこの境遇から救いたい。どうか、俺に助けさせてくれないか？」

獣人の王が懇願するさまを見て、セレスは不思議な気持ちでいっぱいになる。

──何故、この方は私に優しい言葉ばかりかけてくれるんだろう？

私には何もない。それどころか、先ほど自分の至らなさを露呈したばかりだというのに。

……でも、それでもいいと言ってくれるのであれば……

私を思い、気遣ってくれるこの人に……

「助けて、ほしいです……」

言葉が先に零れ落ちて、後から涙がぽとぽとと流れ出す。

ずっと辛かった。誰かに助けてほしかった。

でもそれは甘えだと。誰かを頼るのではなく、自分でどうにかしなければならないと思っていた。

ずっとずっと、苦しかった。

「──分かった」

泣きじゃくるセレスを前に、自らの手を強く握りしめて、ローファンは力強く頷いた。

ひとしきり泣いた後、セレスは自分の心の奥底に温かな希望が宿るのを感じていた。

それはクリストファーから聞こえの良い言葉を投げかけられたときとは明らかに違うもの。

セレスを思いやるローファンの優しすぎる言葉に、今まで隠してきた本音を告げてしまった。それにあんなに泣いてしまって……

ローファンの前で号泣した自分が恥ずかしくて顔を赤らめたセレスは、ハンカチで涙を拭きながら競技場に視線を向ける。

するとちょうどクリストファーの披露が終わったところのようで、ラァナが高い声でクリストファーを褒め称えていた。

「……セレス嬢は自分の能力を低く見ているようだが、俺はそうは思わない」

「えっ？」

セレスがローファンの顔を見ると、ローファンは不敵な笑みを浮かべた。

「セレス嬢にはきちんとアーガスト家の血が受け継がれているということだ」

そう言ってローファンが手のひらを前に出す。

「わぁっ！」

白く繊細な氷の結晶がローファンの手の上に浮かび、キラキラと輝いている。

「どうやったのですか？」

「なに、魔力を込めてイメージすればすぐにできる」

もしこの場にアレクがいたら『そんな雑な教え方があるか』とツッコミを入れていたであろうが、生憎この場にはセレスとローファンの二人しかいなかった。

セレスが水をすくうように両手を前に出し、魔力を込めると綺麗な氷の結晶が生まれた。

「できました！」

「よくできたな」

競技場を見ると、公爵家のアリーヤが魔法披露を行っているところだった。アリーヤは土の魔法を使って、競技場の一面に花木を咲かせている。ローファンに促(うなが)されて、セレスはその花木に氷の結晶を舞い降らせ魔法を楽しんだ。

セレスの表情が穏やかなものに変わった頃、キースが側に戻り、続いて授業を終えた残りの三人が戻ってきた。クリストファーが何か言いたげに竜王をチラチラと窺(うかが)っている。

竜王が「良い魔法だったたな」と言うと途端に満足そうな顔をした。

その後、教師のローブを頭から被った竜王とキースを連れて、学園内の主要な場所を案内する。

昼休憩を挟んだ後、引き続き学園内を回りながら、セレスはウサギの獣人シルヴァに言われた『お願い』を思い出していた。

『竜王と王子が二人だけで話ができるよう、その手助けをしてほしい』

セレスの後にやってきたクリストファーが竜王と二人きりになる機会は今までなく、クリストファーの側にはいつもラァナかジェラルドがいた。

これは意外と難しいかもしれないとセレスが焦り始めたときだった。

宰相補佐が慌ててやってくると、竜王に「急に王宮へ出向かなければならなくなった」と言い詫びを入れた。理由については言葉を濁した宰相補佐は、視察の引き継ぎのためジェラルドと共に理事長室に向かう。

何かあったのだろうかとその場の空気が乱れる中、クリストファーが「母上が予算について文句を言っていたから、その件かもしれない」と竜王に説明した。

キースが「あの女狐が……」と呟いた言葉は、隣にいたセレスにしか聞こえなかったと思いたい。

ともあれ、クリストファーと竜王が二人きりになるためには、キースを除けばあとはラァナだけとなった。竜王もこの流れに乗ろうとしたのだろう。だが、口を開いた竜王よりも早く、ラァナが突然セレスの腕を掴んだ。

「セレス様っ！　ちょっと私と二人でおしゃべりしませんか？」

愛らしい顔でセレスの顔を覗き込むと、続いて男性たちを見る。

「クリストファー様はいずれこの国を統べるお方。竜王様とお会いできる機会なんてもう二度とないかもしれませんわ。きっと男性だけで話したいこともあると思いますの」

ラァナは微笑みながら首を傾げた。

「ですから、ね？」

「わ、分かりました」

ラァナの言葉の裏にどんな思惑があるのか、セレスには分からない。けれど、クリストファーと竜王が二人だけで話をするにはラァナの提案に乗るしかなかった。

セレスは唇をきゅっと結んでラァナの言葉に頷いた。


クリストファーは竜王ローファンを生徒会室に案内した。キースは随行を辞退したため、部屋の中にはクリストファーとローファンの二人きり。

クリストファーは、テーブルを挟んで座る竜王を見た。

学園の教師と同じローブを羽織りフードだけ外したその姿は質素だが、王の貫禄を隠しきれていない。そんなローファンから視線を向けられて、クリストファーは体を硬直させた。

「そんなに構えないでくれ」

ふ、とローファンが微笑み、空気が緩む。

「今回は学園の視察に来たんだ。この学園……この部屋は貴殿の城なのだろう。いつも通りで構わない」

「そ、そうだな！」

その言葉にクリストファーは表情を明るくすると、いつもの調子を思い出して尊大に頷く。

「それにしても、ラァナ嬢は随分とできた女性だな。先ほども貴殿のことを考え行動に移すとはさすがなものだ」

「ああ、ラァナは素晴らしい女性なんだ！」

「妻となればその手腕を遺憾なく発揮しそうだ」

「……ラァナは俺のものだぞ」

ローファンがあまりにラァナを褒め称えるので、まさか盗られるとでも思ったのだろうか。

クリストファーの言葉に嘲りそうになるのをローファンは堪えた。

「……いや、そんなつもりはない。ただ、それほど素晴らしい女性が貴殿の婚約者でないことが不思議でな」

「ああ……俺もそうしたいのは山々なんだが、父上が許さないんだ」

婚約者であるセレスのことは一切考えず、他の女にうつつを抜かすクリストファーを内心冷めた目で見ながらも、表面上は穏やかに告げた。

「貴殿はこの国の王子なのだろう？　この国で、国王の次に権力を持つ存在だ」

「あ、ああ！」

ローファンの言葉に、自尊心をくすぐられたのかクリストファーが力強く同意する。

「もしも国王が貴殿に王の権限を委ねるようなことがあれば、そのときは貴殿がこの国の王として何もかも決めることができるのだろう」

「この国の王として……何もかも……？」

「そう。婚約者のことだって、全て、貴殿の思い通りだ」

そう言ってローファンは口端を吊り上げた。

「それが王というものだろう？」

人を統べることに慣れた男の、傲慢で恣意的で、それでいて高潔な笑み。ローファンの威厳に満ちた態度に、その場の空気にのまれたクリストファーがゴクリと唾をのんだ。

「……貴方は……すごいな……」

ほぅっと息をついたクリストファーが感嘆の声を漏らす。

あまりにも愚かな男に、一瞬、憐憫の眼差しを向けたローファンは、すぐに表情を変えるとにこやかに言った。

「そういえば、貴殿の現婚約者であるセレス嬢から聞いたのだが、数日後に貴殿の誕生パーティーが開かれるそうだな」

「ああ。盛大な会になる予定だ」

「我々もぜひ参加させてもらえないだろうか。……貴殿の素晴らしい日を、獣人の王として祝いたいのだ」

クリストファーの自尊心を満たすその言葉に、愚かな王子は喜んで同意した。

——一方、セレスはラァナに連れられて、数ある教室のうちの一つに入った。

勝手に入っていいのかと心配するセレスに、「私の『友達』が管理している教室なので大丈夫ですよ」とラァナはにこやかに笑って言う。

カチャ……と鍵が閉まる音がして、セレスは不安に包まれる。

けれどここまできて引くわけにはいかないと真っ直ぐラァナを見つめた。

「今日、お話しする機会があって本当に良かったです！　セレス様は王家からの指示で学園にいらっしゃったのでしょう？　竜王様の視察が終わって自領に戻られてしまったら、もうお話しできないですもの」

そう言ってドアを背にニッコリと笑ったラァナは、セレスに向かって尋ねた。

「セレス様は、クリストファー様のことがお好きですか？」

「えっ……？」

好き？

殿下を？

セレスは、六歳のときにクリストファーの婚約者になって以来、そういう一般的な恋愛感情とは無縁だった。動揺するセレスに畳み掛けるようにラァナは言う。

「私、クリストファー様のことが好きなんです」

言いながらセレスとの距離を縮めると、驚いて固まるセレスの手をぎゅっと握った。

「だから、セレス様にクリストファー様への恋愛感情がなければ、私に譲ってほしいんです！」

背の低いラァナから上目遣いでお願いされて、セレスは狼狽えてしまう。慌てて手を振りほどくと後退り、ラァナから数歩距離を取った。

「で、でも私たちの婚約は政治的なもので……」

「分かっています。アーガスト辺境伯家の軍事力を恐れた国王陛下の安心材料ですものね？　でも、王家側に取り込まれる人質って、何もセレス様じゃなくてもいいんじゃないですか?」

「えっ……?」

アーガスト家には兄二人とセレスしかいない。セレスの他に誰がクリストファーと婚約できるというのだろう。

混乱するセレスにラァナは優しく諭すように自分の考えを告げる。

「お兄様のうちのどちらかが、ラァナにメロメロになってしまえばいいんですよっ」

「あの……言っていることの意味が……」

「ですからね? ラァナはクリストファー様と結婚して、この国の王妃となります。王妃が公(おおやけ)に愛人を持つことはできませんが、私を守ってくださる護衛という名目でお兄様のどちらかを側に控えさせたら、王家としてはアーガスト家への抑止力になりますよね?」

――つまり、政略結婚でクリストファーとセレスが結婚するのではなく、兄を王妃ラァナの秘密の恋人とすることでアーガスト家を抱え込もうということ……?

「こんなこと嫉妬深いクリストファー様にはとても言えません。でも、国王陛下なら了承してくれるんじゃないかと踏んでいるんです」

今まで考えたこともないラァナの案にセレスは目を丸くする。

そんなこと、思い付くはずがない。だって色々と規格外すぎている。何より……

「そもそも、ラァナ様はそんなことできるのですか？　そんな……複数の男性と、なんて……」

「私はクリストファー様と結婚できるのであれば、そんな些末なこと気にしません！」

「些末って……」

セレスからしてみたら、取るに足らないことどころではない。

「ね？　セレス様は婚約破棄できて、私は王妃になれる。お互いに良い条件じゃないですか？」

「で、でも……一番上の兄は既に結婚していますし、二番目の兄は……その……」

口が悪くて性格に難があるとは言いづらい。

「そうですね、ルーク様は真っ直ぐで不義理なことはできそうにない方のようですし、条件的にもアレク様に狙いを定めています。実は、既に働きかけているんですよ」

「えっ!?」

うふふ、と笑みを浮かべたラァナは顔を輝かせて言う。

「セレス様のことでお会いしたいと常々お願いしていたんです。今までは色よい返事をいただけませんでしたが、セレス様の入学が決まったあたりからアレク様にご連絡をいただいて……近いうちにお会いするんです」

「知りませんでした……」

「お兄様もセレス様のことを心配してらっしゃるんじゃないですか？　今のままクリストファー様と結婚しても幸せにはなれないでしょうし」

アレクがセレスのことを心配してくれているのは間違いないと思う。ただ、それで何故アレクがラァナと会うことを決めたのか、セレスには不思議でならなかった。

それでも合理主義のアレクが不必要なことをするはずがない。ラァナと会うと決めたのは何か理由があってのことなのだろう。

「会うことさえできれば、あとはラァナの魅力でアレク様をメロメロにしてあげますっ！」

そう言って笑みを浮かべるラァナは自信に満ち溢（あふ）れていた。

ラァナの中で、アレクがラァナに夢中になるのは決定事項なのだろう。どこかモヤモヤとした気持ちを感じながら、セレスはラァナに尋ねる。

「一つ伺（うかが）ってもよろしいでしょうか」

「もちろんですっ」

「今のまま、私が殿下と結婚したとしても、殿下はラァナ様を手放さないでしょう。愛（あい）

妾として殿下のお側にいられるのではないですか？」

　このままいけばセレスが形ばかりの妃になることは目に見えている。それなのに何故王妃にこだわるのか。クリストファーのことが好きだから自分以外の女性を排除したいのだろうか。

　ラァナはセレスの問いに目を細め、唇を吊り上げた。

「王妃になれる可能性……この国で最も地位の高い女性になれる可能性があるのに、それを目指さない方がおかしいと思いませんか？」

　ラァナのエメラルド色の瞳がギラギラと力強く光る。

「最も高貴な存在として誰からも傅かれる未来があって、私にはそれを掴む器も手段もあるのに、それを手に取らないなんてできないです」

　そう言い放ち、「だから……」とセレスの顔をじっと見つめた。

「だから……セレス様は邪魔しないでくださいね」

　ラァナの全身から溢れ出る自信と、強烈な野心に圧倒される。

　セレスからしてみれば、王家側から婚約を破棄してもらえる可能性があり、そしてアレクに何やら思惑があるのであればそれを邪魔する理由はない。

「分かり、ました」

ただ、同意しても、どこか納得できない自分がいた。どうしても違和感が残る。

セレスの言葉にラァナが満足げに頷き、何か言おうと口を開いたとき……

――コン、コン、コン、コン！

扉をノックする音が聞こえ、セレスとラァナは教室のドアに視線を向けた。

「もしもーし！　おしゃべりはそれくらいにしてそろそろ戻ろー？」

場にそぐわない明るい声がドアの向こうから聞こえてくる。

ラァナがドアを開けると、ニッコリ笑ったキースが立っていた。

「キース様……どうしてここが？」

「獣人は鼻がいいからねー。二人の匂いを辿ってきただけだよぉ」

ラァナの問いかけにそう答えたキースは、セレスとラァナを部屋から出るよう促した。

「そうだったんですね！　獣人の方はすごいんですね！」

愛らしく驚いてみせたラァナは、くるりと振り返るとセレスに向かって言った。

「セレス様、先ほどのお言葉、忘れないでくださいね！　……では、私は教室に戻ります。キース様はセレス様とご一緒に皆様と合流なさってください」

キースに向かって可愛らしい笑顔を見せたラァナは、目的は果たしたとばかりに颯爽と去っていった。

「……ま、いっか。じゃあセレスちゃん行こうか」

歩き始めたキースに慌てて付いていく。こちらが案内しなくても道は分かるようだった。

「ご足労いただきありがとうございます。獣人の方の能力はすごいですね」

「んー比べたことはないけど、身体能力は人間よりも優れてるみたいだよねー」

「獣人の方々は長寿の方も多いようで羨ましいです」

「それならちょうど良かった」

「えっ?」

「……や、なんでもないよー。こっちの話! そういえばセレスちゃんは匂いで何か感じ取ったりしないの?」

「匂いですか?」

「そう。例えば魔力の匂いとか、人間と獣人の差とか」

「感じたことはないですね。人間と獣人で何か異なるのですか?」

「そっかー。少なくとも純血の獣人なら、獣人の血が混ざってるやつはすぐに分かるよー。人間と獣人はね、匂いが違うの」

楽しそうに「人間って鈍感で可愛いねー」と話すキースに、それってどうなんだろくのを感じた。
う……と思いながら、セレスは先ほどラァナと対峙したときに感じた違和感が薄れてい

竜王の教育機関視察が終わり、シルヴァから言われた『お願い』も無事に成し遂げることができた。

竜王ローファンとクリストファーがどんな話をしたのか、セレスは聞かされていない。

でも、クリストファーから珍しく一緒に帰ろうと言われた馬車の中で、竜王がいかに『男らしく』『圧倒的な存在感で』『匂い立つような魅力があるか』を延々と聞かされれば、二人きりになれた成果はあったのではないかと思われた。

ただ……どこで影響を受けてきたのか、会話が一区切りつく度にクリストファーから、

「それが王というものだろう?」と鼻高々に言われることにはさすがのセレスも辟易してしまったけれど、嫌味を言われるよりかはよっぽど良いと諦めることにした。

家に帰ってきたセレスは、二番目の兄アレク宛てに魔法で手紙を書いた。その手紙は術者が指定する者以外には開けられない仕組みとなっている。

そこに、今日ラァナから聞いた話と、そして兄を心配していることを書き、アーガスト家でよく使用している魔法――氷の鳥にのせて兄のもとへ飛ばした。

「大丈夫かしら……」

ラァナは近いうちにアレクと会う予定だと言っていた。アレクを落としてみせるとも。あの冷静で、物事を斜めから見ているような兄ならば、そう簡単にほだされたりしないと思うけれど、もしもラァナのことを好きになってしまったら……

ラァナは、クリストファーのことが好きなのだと言った。でも、アレクと関係を持つこともできるのだと言う。あのとき感じた違和感が再び頭をよぎるのを感じて、セレスは目を伏せて首を横に振った。

——今日は、色々なことがありすぎたわ。

いまだ根深く残るトラウマを引きずり出されたこと、ローファンの前で泣いてしまったこと、ラァナと対峙したこと……

全てがセレスにとって大きな出来事で、それを消化するには時間が必要だった。

今日はもう考えるのはよそうと、頭の中を整理しないまま眠りについたのがいけなかったのだろうか。だから、あのときのことを夢に見てしまったのだろうか……

セレスが目を開けたとき、これは夢だとすぐに気付いた。

地面には真横に線が引かれ、線の向こう側はまるでスポットライトが当てられているかのように明るく照らされている。反対側でそれを見ているセレスは真っ暗闇の中を一人立っていた。

まるで舞台を見ているようだとセレスは思う。

明るく照らされた先では、小さいセレスが父と並んで歩いていた。

最近では見慣れた道、でも子供のセレスにとっては初めての道を、父に連れられて歩く。

結果は分かりきっているのに、それでも行かなければならないのは憂鬱だった。父は抗議してくれたけれど、理事長を通して王家の指示だと言われてしまえばそう簡単に断ることなどできない。

もうすぐ八歳になるセレスは、『儀式』を行うため魔法学園に足を踏み入れた。

ずっと憧れていた魔法学園は、子供のセレスにとって立派で綺麗で大きくてやっぱり素敵な場所だった。

そんな憧れの学園に来たのにセレスの気持ちは浮かない。自分が学園に通えないことは、セレス本人が一番よく分かっていた。

たくさんの言葉が幼いセレスに現実を突き付けてくる。

(セレス様の魔力はいまだ発現されておりません。魔力は通常五歳までには出せるようになりますので……少しばかり、遅いかと……)

これは魔法の先生の言葉。

（皆簡単にできるのに、なんでお前は魔力を出せないんだ⁉　こんな奴が僕の婚約者だなんて、恥ずかしい！）

これは殿下の言葉。

（セレスの魔力はまだ隠れているだけなのよ。貴方が大きくなるのを待っているのかもしれないわ）

これは母様の言葉。

今のセレスならば、セレスを安心させようとして言った母の言葉を素直に受け入れられる。

けれど、大きくなったら魔力が出せるようになると信じていたのに、いくら年を重ねても一向に魔力が出せない自分をその言葉が苦しめていた。

父と共に学園の理事長室と呼ばれる部屋に入ると、父ほどの年齢の男性が二人を待っていた。

「アーガスト辺境伯、お待ちしておりました」

「ヴァンベルク侯爵……」

苦々しい顔付きで挨拶（あいさつ）をした父に、ヴァンベルク侯爵――その当時学園の理事長兼宰相（さいしょう）補佐をしており、現在は宰相（さいしょう）を務める男――が苦笑した。

「私に怒らないでください。国王陛下からのお達しなのですよ。本当にセレス嬢が魔力を発現できないのか、入学の『儀式』に基づいて確認するように、と」

「分かっている。貴殿に当たってしまい申し訳ない」

ヴァンベルク侯爵が父からセレスに視線を向けたのに気付き、セレスは優雅に見えるよう心掛けながら礼を執った。

「セレス・アーガストでございます」

今日は銀色の髪を一つにまとめて、いつもより大人びた髪型にしている。

セレスが伏せていた視線を上げてヴァンベルク侯爵を見つめると、男は目を細めた。

「挨拶はそれくらいにして、早速『儀式』をやってしまいましょう」

そう言ってヴァンベルク侯爵は机に置かれた水晶を手で指し示した。

学園に入るためにはこの『儀式』ができなければならない。セレスは兄二人からこの『儀式』について事前に教えてもらっていた。やることといえば手をかざして魔力を放出する。ただそれだけ。

でも、たったそれだけのことがセレスにはできない。

「恐れ入りますが、『儀式』の間、アーガスト辺境伯は部屋の外でお待ちください」

「何？」

「これも『儀式』のしきたりなのですよ。ご理解ください」

今思えば、それが本当にしきたりだったのか定かではない。

けれどヴァンベルク侯爵に当たり前のように言われ、父は心配そうにセレスを見つめる。セレスが安心させるように頷いてみせると、父は渋々離席した。

「……さて、セレス嬢。この『儀式』のやり方はご存じですか？」

「はい。聞いております」

「よろしい。やること自体はとても簡単なのですよ。人によっては三歳でもできてしまうくらい簡単な、ね」

そう言って嫌な笑みを浮かべたヴァンベルク侯爵はセレスを促した。

「では、水晶に手をかざして魔力を注いでください」

幼い子供でもできることなのだと言われて、セレスは自分の心臓の音がだんだんと大きくなっていくのを感じた。

――だって、自分はまだ、魔力を出したことがない。

家の中でだってそうなのだ。それなのに、学園で……それもあまり交流のない大人の前でできるとは到底思えなかった。

「……おや、貴方は手を出すことすらできないのですか？」

「っ！　も、申し訳ございません！」

冷たい声色にセレスは慌てて手を前に出す。手を出して、魔法の先生から言われた言葉を思い出した。

(魔力を発現すること自体は何も考えなくても自然とできるものです。ただ、強い魔法を使うために魔力を練り上げるときは、体を巡るエネルギーを想像します)

(体の中に流れるエネルギーを手のひらに集めていって、放出するのです)

緊張で浅くなる息を必死で整えながら、集中する。

手のひらに力を込めて、そして吐き出すイメージで……

けれど、どんなにセレスが頑張ろうとも目の前の水晶は何も変わらなかった。

「──ハァ……」

頭の上から溜息が聞こえて、水晶と自分の手を見つめていたセレスはビクッと肩を震わせた。その音で目の前の人を失望させてしまったことを知る。

恐る恐るセレスが前を向くと、ヴァンベルク侯爵が冷めた眼差しでセレスを見つめていた。

「噂には聞いていましたが、貴方は本当に魔力が出せないのですね」

「……っ、申し訳ございません……」

「先ほど私は言いましたよね。これは、三歳児でもできるようなことなのだと」

「は、はい」

「貴方は今、いくつなのですか?」

「七歳に、なります……」

「そう。もうすぐ八歳になるというのにこんなこともできないなんて、恥ずかしいと思いませんか?」

　グサグサと突き刺さるヴァンベルク侯爵の心ない言葉に、セレスのアメジスト色の瞳にじわりと涙が浮かぶ。

　その様子を眺めながらヴァンベルク侯爵は続けた。

「それに貴方は王子の婚約者だ。いくら政略的なものであれ、いずれ王妃となる方が学園にも通えないなんて情けないと思いませんか?」

　ずっと自分でも思っていたことを他人の口から告げられて、セレスの胸は締め付けられるように痛んだ。

　──分かってる。

　──そんなこと、自分が一番よく分かっている……。

　追い打ちをかけるように意地の悪い声がセレスを嘲笑(あざわら)った。

「こんなにも出来の悪い人間は生まれて初めて見ましたよ！」

悪意に耐えきれず、セレスの瞳から涙が零れた。セレスの白い頬をつうっと涙が流れる。

その様子をヴァンベルク侯爵がじっと見つめていた。

すると不意に、ガンガンと扉を叩く音が部屋に響いた。

「結構な時間が経っているが、まだなのか⁉」

父の声が聞こえてセレスが顔を上げる。ヴァンベルク侯爵は、ふぅっと息をついて肩をすくめた。

「残念。もう時間ですか」

そう言って手を伸ばすと、セレスの頬に触れ、涙をゆっくりと拭う。

呆然とヴァンベルク侯爵を見つめるセレスに向かって彼は嫌な笑みを浮かべ、そしてドアの方へ歩いていった。

父とヴァンベルク侯爵のやり取りが聞こえる。

「自分にはできないとお嬢さんが泣いてしまったので慰めていたのですよ」などと言う声が聞こえてきて、私は、私は――

「――もう見なくていい」

目の前に腕が現れて視界が遮られる。驚くセレスに後ろから声がかけられた。

「遅くなってすまない。思うように体が動かせなくて、止められなかった」

振り返ろうとしたセレスは、自分の体が動かないことに気付いた。

もしかしたら気付いていなかっただけで、夢の始まりからそうだったのかもしれない。

「あの……」

声を出したセレスは、自分の声が震えていることに気付いた。

「あれ？」

声だけでなく体が小刻みに震えている。

「私……なんで……」

「嫌なものを思い出してしまったんだな。怖かっただろう……辛かっただろう」

セレスを気遣う男性の低い声が後ろから聞こえてきて、じわりとセレスの心に染み込んでいく。

「こわかった……？」

「ああ」

「つらかった……？」

「ああ。辛かったな」

慰めるように同意されて、セレスは胸の内から湧き上がる感情を抑えられなかった。

「……っ、こ、怖かった……！」

いつから泣いていたのか、涙が後から後から流れて止まらない。

「辛くて、嫌でっ、たまらなかった……！」

でもそんなことを言ってしまったら、両親は困ってしまうと思って言えなかった。

これ以上出来損(そこ)ないの自分のせいで迷惑をかけたくなかったから。

「ああ、頑張ったな」

「わ、私っ！　全然結果が出せなかった、のに……それでも頑張ったって、言ってくれるの……？」

ずっと、誰かに認められたいと思っていた。

でもそんなことを望める立場になかった。

「ああ。貴方は頑張った。結果はどうであれ、その頑張りは評価されるべきものだろう？」

今までずっと望んできた言葉を与えられて、これは夢だとセレスは改めて思った。

優しくて温かい、なんて幸せな夢……

「うれ……しい……」

ふにゃりと口元を緩ませて、セレスは意識を手放した。

「――宰相……あの男か……」

セレスが作り出した暗闇の中……

低く唸るようなその声からは、隠しきれない激情が滲み出ていた。

夢から覚めてぼんやりとした意識の中、セレスはラァナと対峙したときに感じた違和感について考えていた。

クリストファーのことが好きだと言った、ラァナの目。

この提案はセレスにもメリットがあると言った、ラァナの声。

口では色々と言っていても、ラァナは結局自分のことしか考えていなかった。

今ならそれが分かる。本当にその人のことを考えているとき、その目は、その声は、全然違う。

セレスは自分を救いたいと言った、あのときのローファンを思い出す。

セレスを見つめるあのブルーの瞳からは、ただひたすらにセレスのことだけを考えているのが伝わってきた。助けさせてほしいと言ったあの心を震わせる低い声は、将来を悲観していたセレスに夢を見させてくれた。

クリストファーから愛されず、幸せになることを諦めていたセレスに、手を差し伸べてくれた人。

だから、私は……

そこまで考えて、セレスの思考は部屋のドアをノックする音で中断された。

執事から父と二番目の兄が屋敷に到着したと知らせを受け、セレスは急いで談話室へ向かう。

「父様！　アレク兄様！　どうして二人がこちらへ？」

駆け寄ったセレスに父は笑みを見せると優しく言った。

「明後日、殿下の誕生パーティーがあるだろう。アーガスト家当主として出席するために決まっている」

「でも父様はいつも国境を守る任があるからと、こういうイベントごとには参加なさらないのに……」

「セレス、僕のことは聞いてくれないの？」

セレスと父の会話を遮るようにアレクが声をかけた。

「セレスからの手紙を読んだよ。あと、明日ラァナ嬢と会う約束をした」

淡々と告げられた言葉にセレスは息をのむ。

あのラァナと兄が会って話をする。どんなことになるのかセレスには見当もつかなかった。

「まあ、彼女のことは僕に任せておいてよ」

そう言ってアレクは感情の読めない顔で笑った。

クリストファーの誕生日前日——

宰相（さいしょう）から呼び出しがあり、国王、王妃、そしてクリストファーは王の執務室に集まっていた。

「何？　竜王が我が国の財宝を狙っている？」

国王の言葉に宰相（さいしょう）は頷（うなず）くと、近衛兵（このえへい）を閉め出し四人だけとなった執務室で密（ひそ）やかに言った。

「ええ。竜王がいつまでも獣人の国へ帰らないため、怪しく思い私の手の者に調べさせていたのです。すると、獣人たちが神殿の周辺で不審な動きをしていると」

「神殿だと？　だが神殿には特に高価なものなどなかったと思ったが……」

バイエルント国の神殿は、神のもとに歴代の国王が埋葬されている場所で、王都内ではあるものの王宮から離れたところにある。

国王は神殿の様子を思い出そうとしたが、記憶は曖昧（あいまい）だった。

「報告によると、獣人たちはその財宝を『竜王の先々代のときになくなった、竜家の秘宝』と呼んでいたそうです」

宰相(さいしょう)の言葉に国王は顔色を変えた。

「竜の……」

「父上、何か心当たりがあるのですか？」

クリストファーからの問いかけに、国王が難しい顔をする。

「その秘宝自体は知らないが、心当たりはある」

「なんでも、金でできた竜の置物のようですよ」

「金⁉」

今までつまらなそうな顔で黙って聞いていた王妃が、途端に顔色を変えた。

「金ですって⁉　まあっ、それは素敵ね！　ぜひ手元に置いておきたいわ！」

キラキラと目を輝かせて、おねだりするように顔の横で両手を合わせると国王に甘い声を出した。

「ねぇ、陛下。私その財宝が見たいわ」

「うむ。……だが、それを竜王が狙っていると？」

「信じられないかもしれませんが……」

そう言って宰相は重々しく頷く。

そんな宰相に対し、クリストファーは憤った。

「何を馬鹿なことを！　竜王がそんなことするはずないだろう！」

「……恐れながら、殿下。竜王から明日の誕生パーティーに参加したいと申し出があったのですよね？」

「ああ」

「先日の魔法学園視察のとき、息子のジェラルドが竜王と側近の話を偶然聞いたようなんです。そのときに『誕生パーティーに参加することになった。決行はその翌日に変更だ。入念に準備をしておけ』と話していた、と。息子はなんのことだか分からなかったそうですが、その発言と獣人たちが神殿に集まっていることから、竜王が『竜家の秘宝』を取り返しに来ることが想定されます」

その言葉に王妃は美しい顔を歪めて憤慨する。

「まあ！　我が国のものを奪おうとするなんて、なんて野蛮なの⁉　なんとしても阻止しなければ！」

「ですが、現実問題として、獣人に襲われれば我が国の騎士団では太刀打ちできません」

「そんな……」

「竜王が……信じられない……」

「宰相、どうにかならないのか⁉」

国王の縋るような問いに、宰相は「一つご提案があります」と言った。

「武力で対処できないのであれば、獣人たちよりも先に神殿に行き、財宝を見つけて保護すれば良いのです」

「な、なるほど！　だが、神殿は神聖な場所として立ち入りが制限されておる。急に人を寄越しても神官長が許可しないだろう」

国内において神殿は不可侵な場所として存在している。

国王がこの国を統治している一方で、神殿は宗教としての役割を果たしており、神殿に関してのみ神官長の権力は絶大だった。

「そうですね。神官長を黙らせ、神殿内に入るためには国王陛下自らがおいでになる必要があるでしょう」

宰相はそこまで淡々と述べた後、少し表情を曇らせた。

「ただ、それには問題があります。ここから神殿まで行くのに馬車で一日はかかります。竜王が明後日神殿を襲撃するという情報が確かであれば、国王陛下は今すぐにでも神殿に向かわなければなりません。ですが……」

言葉を止めた宰相に、王妃が焦れたように声を上げる。

「なんですの⁉」

「明日は殿下の誕生日です。夜にはパーティーが開かれますので、そこに国王陛下がいないのはいかがなものかと。それに、明日の貴族会で予算案の承認をしなければ、来年度の予算が成立しなくなります」

そこまで言って、宰相は強調するように付け加えた。

「貴族会では、『王の権限を持つ者』の承認が必要です」

「王の権限……」

その言葉に、何か頭をよぎるものがありクリストファーが呟く。

「ううむ。どうしたものか……」

考え込んだ国王に対し、財宝に目がくらんでいる王妃は楽観的に言う。

「クリストファーならもう大人ですし、パーティーに陛下がいなくても大丈夫よ。ねぇ？竜王が出席するのなら私だって参加しませんし」

「だが、他の貴族に対する面目や、何より貴族会での承認がなぁ」

「父上、私は明日で十九歳になります。パーティーに父上がいなくても私が上手くやりますよ」

さらに「それに……」とクリストファーが続ける。

「予算案自体はもうできているのでしょう？　承認だけであれば私が父上に代わってやっておきます。――大丈夫。私は二人の子供ですよ？　ちゃんと成し遂げてみせます！」

「クリストファー……」

「クリストファー……！」

顔だけは美しい王子の自信に満ちたその表情、その言葉に、両親は胸を打たれたようだった。

「分かった。私が神殿に行って王宮を不在にしている間、王の権限はクリストファー、お前に委ねよう。しっかりやってくれるか？」

「もちろんです！」

父と子のやり取りに、王妃は感激したように目を潤ませている。

熱いやり取りを交わしていた三人は、その様子を見て宰相が何を思っているかなど、考えることすらしなかった。

王子の誕生日を明日に控え、竜王はウサギの獣人シルヴァから報告を受けていた。

その報告は概ね想定通りで、竜王は満足げに頷く。

「首尾は上々のようだな」

「ええ。獣人たちは彼らと共に配置についています。連絡があればすぐに動けるよう手配済みです」

「そうか。あの男から何か連絡はあったか？」

「特にないですね。計画が変わるようなことがあれば知らせがくるようになっていますが……まあ、あの方々が相手なら何も問題はないかと思います」

「そうだな。……いよいよ、明日か」

——様々な思惑を巻き込んで、その渦は大きくなった。

けれど、その中でも思い通りになるのは、ほんの一握りの者だけ……

竜王は不敵に笑った。

第四章

クリストファーの誕生日当日——

セレスは鏡に映る美しく着付けられた自分を見て、溜息をついた。

今日はクリストファーの瞳の色に合わせてブルーのドレスを着ている。この国では男性から女性に、自分の髪や瞳の色のドレスを贈る習慣があった。

ただ、このドレスはクリストファーから贈られたものではない。他の貴族の目を気にしてブルーを選んだだけで、そこにはクリストファーからの愛情も、セレスの愛情も含まれていなかった。

ラァナの言葉通りに事が進めば、この色のドレスを着るのも、残りわずかかもしれない。

悲しいとはまったく思わないけれど、本当にそんな方法でいいのかと考えてしまう。

表情を曇らせた自分の顔が目の前に映り、セレスはもう一度溜息をついた。

階段を下りると、父とアレクはもう準備を済ませてセレスを待っていた。

「セレス……とても綺麗だよ」

「ありがとう」

セレスの姿を目に焼き付けるように見つめる父に、大げさだとセレスは照れる。赤くなった頬を誤魔化そうと兄に話しかけた。

「今日は父様だけでなくアレク兄様も出席するのね」

父同様、王宮でのイベント事にはまったくと言っていいほど参加しない兄が、文句も言わず出席するなんて珍しい。

「まあね。折角の舞台だ。特等席で見学しないと勿体(もったい)ないだろ？」

「そ、そうなの……？」

アレクが何を言っているのかセレスには理解できなかったけれど、兄のあくどい笑みを見てセレスは賢明にもそれ以上突っ込むことはしなかった。

「では、行くか」

クリストファーの誕生パーティーに出席するため、三人は馬車に乗り王宮へと向かった。

王宮に着くと、王子の婚約者としての役割を果たすため、セレスは家族と別れクリストファーの執務室へ向かう。許可を得て執務室に入ると、何故かそこにはラァナがいた。

セレスは思わずまじまじとラァナを見つめてしまう。ラァナは……なんと言うか……気合いが入っていることがひと目で分かる格好をしていた。

普段は緩やかに巻いているハニーブラウンの長い髪はいつも以上に強く巻かれ、もともと可愛らしい顔立ちは遠目からでも分かるくらいしっかりとしたメイクに覆われている。

クリストファーの瞳の色と同じブルーのドレスは、フリルがふんだんに使われたボリュームがあるタイプで、華やかでラァナの存在感を強調している。

今日のラァナはまさに主役級の輝きを放っていた。

「セレス様ごきげんよう」

ニッコリと笑った顔は喜びに満ち溢れている。その顔を見てセレスは少し警戒した。

「今日は素敵なパーティーになりそうですねっ！」

セレスが何か言うよりも早く、クリストファーが口を開いた。

「――ああ、そうだな」

そう言ってラァナの横に立ったクリストファーは、ニヤニヤと嫌な笑みを浮かべてセレスを見た。

「今日は素晴らしい日だ。何もかも俺の思い通りになる、王としての第一歩を飾る記念すべき日！」

正装したクリストファーは金髪碧眼、容姿端麗でまさに正統派の王子といった風貌だったけれど、残念なことに性根の悪さが顔から滲み出てしまっていた。

「お前をエスコートするのも今日で最後だな！　この俺にエスコートしてもらえていたことを心の底から有り難く思えよ？」

「まあ、クリストファー様！　セレス様に教えるのはまだ早いですよっ！」

「ハハッ、そうだったな！」

明らかに浮かれているクリストファーとラァナは、そう言って顔を見合わせて笑い出す。

――ふっふっふっ、ハッハッハッハッ！

――うふふふふっ！

その異様な光景を前に、セレスは恐怖に慄きながら早く従者が呼んでくれることを祈った。

執務室での恐怖体験を乗り越えて、セレスはクリストファーと共にパーティー会場へ足を踏み入れた。今日の主役であるクリストファーは参加者の拍手に手を挙げて応えている。

冒頭で、国王と王妃は至急かつ重要な公務が入ってしまい、パーティーには参加しないと宰相から発表があった。そのため、この場で一番地位が高いのは王子のクリストファーということになる。

誕生パーティーはいつもの夜会と基本的には変わらないものの、会の最後に今日の主役からの挨拶が予定されている。

十九歳となったクリストファーにとって、来年の成人の儀に向けての志を述べたり、いずれ即位することを意識して貴族へアピールしたりと自分を売り込む絶好の機会であった。

宰相の取りまとめのもと、上位貴族から順にお祝いの挨拶を受けていく。一通り挨拶を終えると、クリストファーのもとにラァナがやってきた。

「クリストファー様〜〜〜！」

「ラァナ！」

先ほどまで執務室で一緒にいたはずなのに、まるで離れ離れになっていた恋人のように手を取り合う二人。

「……もう言ってしまおうか？」

「……まだ早いんじゃないですか？　もっと、とっておきのタイミングで……」

顔を近付けて何やらブツブツ言い合っている二人の姿に、セレスがギョッとして婚約者を諫めようとしたとき。

正面の扉が開かれて、側近を引き連れた竜王ローファンが現れた。

式典のとき同様、黒地に金の装飾を施されたコートを纏い、真っ直ぐ前を向いて歩く姿に、人々は自然と道をあける。畏怖と敬意が入り混ざった大勢の視線を浴びてなお堂々と立つその姿は、獣人の王としての威厳に満ちていた。

竜王はクリストファーの前に立つと、にこやかな笑みを浮かべた。

「本日はお誘いいただき御礼申し上げる」

「あっ……ああ」

竜王の笑みを見たクリストファーは分かりやすく固まり、カチコチになりながらもぎこちなく頷く。心なしか頬が赤いのは気のせいだろうか。

竜王の言動に好奇の眼差しを向ける貴族たちに気付き、竜王は苦笑するとクリストファーに言った。

「目立つのは本意ではないんだ。では、また後で」

その言葉に竜王の後ろに控えていた側近の二人……キースとシルヴァが頭を下げると、三人はその場から離れていった。

「……カッコいい……」

クリストファーの呟きは隣にいるセレスとラァナの耳にもしっかり届いていたけれど、ラァナは聞かなかったことにしたようだった。

「クリストファー様っ、皆さん今は竜王様の登場に気を取られているようですわ。発表は後にいたしましょう？」

そう言ってクリストファーの腕を掴んでセレスから離すと、ラァナは愛らしく笑った。

「それまではお友達のところに行っていましょう。ねっ?」

「ああ、そうだな」

簡単に同意してしまうクリストファーにセレスは焦る。一通り挨拶を終えたとはいえ、まだやるべきことはたくさんあった。

「しかし、国王陛下がいらっしゃらないのであれば、殿下が代わりに高位貴族の方々との交流を……」

「まあ、いいんじゃないですか」

忠告を遮る男の声にセレスが振り向くと、背後にジェラルドが立っていた。

「今日は殿下の祝いの席ですからね。殿下の自由にして差し上げましょうよ」

「でも……」

そうこうしている間に、クリストファーとラァナはその場を離れてしまった。

「……なんだか、いつもとおっしゃることが違いますね」

ジェラルドの様子に違和感を覚えてセレスは彼の顔を見る。

「指摘したところで、もうこの流れは変えられないでしょうからね。無駄なことはしない主義なんです」

「それはどういうことですか?」

「貴方は何も知らされていないんですねぇ。この様子じゃ国王陛下と王妃がそれぞれこの場にいない理由もご存じないようだ」

宰相とよく似た顔に酷薄な笑みを浮かべたジェラルドは、ふいにセレスから一歩離れた。

「貴方のお兄様がいらっしゃいましたよ」

「セレス、ラァナ嬢の格好を見た？　頑張って気合い入れちゃって……フフッ、可愛いね」

「アレク兄様……」

不安げな眼差しで見つめる妹に、アレクは少しバツの悪そうな顔をした。

「ゴメンゴメン。冗談だよ」

そう言って、アレクはセレスを守るようにジェラルドの前に立つ。

その態度にジェラルドは意外そうな顔をした。

「おや？　今までセレス嬢を放っておいた貴方がどういう風の吹き回しですか」

「いや、思いは行動で示さないと伝わらないと、とある方から教えられてね。早速実践してみただけさ」

ジェラルドから庇うようにして前に立つアレクの背を見つめながら、セレスは内心驚いていた。普段から素直でない、ひねくれ者の兄がなんの裏もなくセレスを助けてくれたことが信じられなかった。

「そうですか……」

アレクの言葉がジェラルドの何かに響いたのか、一瞬、ジェラルドが考えるように視線を落とす。けれどすぐにいつも通りの冷ややかな表情に戻っていた。

そんなアレクとジェラルドのやり取りを交えながら、パーティーも終盤に差し掛かった頃。

宰相の進行のもと、今日の主役であるクリストファーからの挨拶が始まった。

「本日は私のためにお集まりいただきありがとうございます。今日で私は十九歳になりました。今日という日を迎えることができましたのも、皆様のお力添えの賜物です」

皆の視線が集まる中、背筋を伸ばしたクリストファーが堂々と話し始める。

手元に宰相が作った原稿さえなければ、この国の王子として素晴らしい立ち振る舞いだった。

そこまで読んで、おもむろに原稿をしまったクリストファーは周囲を見回しながら言う。

「……さて、今日、我が父である国王は重要な公務があって朝から不在にしておりました。父上が王の権限を私に委ねたため、今日の貴族会では、この私が！　予算案の承認をいたしました。私の的確な采配のおかげで、問題なく終わらせることができました！」
その言葉に、貴族会のメンバーの一人が大きく首を横に振ったのがセレスには見えた。
けれど残念なことにクリストファーからは見えなかったようだった。
「大切なことなのでもう一度言いますが、王の権限は今！　この私にあります！」
声を張り上げて自分に権限があることを強調したクリストファーは、ニヤリと嗤って
セレスの方を向いた。
「セレス・アーガスト！」
突然自分の名前が呼ばれて驚くセレスのもとにクリストファーは近付いていく。
パーティーの参加者は自然とセレスとクリストファーから離れ、二人を中心に空間が
できた。
「お前は俺の婚約者でありながら氷のように冷たくてちっとも可愛げがなく、辺境伯の
権力を盾に王子であるこの俺に口うるさいことばかり言う！」
信じられないことに、クリストファーは皆が注目している前でセレスの悪いところを
指摘しだす。
「俺を喜ばせることもできない氷の心を持つ女！　父上がお前を俺の婚約者にしたのは、
何かの間違いだったとしか思えない！」

ざわめく周囲などお構いなしにクリストファーは言い切った。

大勢の人たちの前で好き勝手に言われ、セレスは居た堪れない気持ちでいっぱいになる。

「まさに『氷の悪女』であるお前は、俺の婚約者に相応しくないッ！」

そこまで言い放つと、クリストファーはラァナの名前を呼び自分の横に並ばせた。

「私はセレス・アーガストとの婚約を破棄し、ここにいるラァナ・グランシーと婚約することをここに宣言する‼」

高らかに言い放ち、腕の中に飛び込んできたラァナを抱きかかえたクリストファーは、ラァナを見せびらかすようにくるりと回った。

「そんな……」

セレスは目の前の現実を受け止めきれずに小さく呟いた。

確かに婚約破棄となる可能性については考えていた。でも、まさか、こんな大勢の前で婚約破棄を言い渡されるなんて……

呆然と立ち尽くすセレスを庇うように、セレスの父、アーガスト辺境伯が前に出る。

「何を馬鹿なことを！　この婚約は王家からの懇請によるものだ！　それを反故にするということは、アーガスト家を侮辱することと同じ！　王家は我らを切り捨てる気か⁉」

「ああ、そうだ！　もうお前らアーガスト家なんて不要なのさ！　俺たちには公爵家が付いているからな！」

そう言ってクリストファーは公爵令嬢アリーヤの父を見る。公爵は何故クリストファーが自分を見たのか分からず不思議そうな顔をしていた。

「この決定はもう覆らない！　セレス、お前がどれほど『愛しているから別れないでほしい！』と懇願しようともな！」

ニヤニヤと嗤うクリストファーは、セレスがそう言って縋るのを待っているようだった。

そんなクリストファーに、宰相は冷静に尋ねる。

「殿下、今の発言は『王の権限』による決定と捉えてよろしいのでしょうか」

「もちろんだッ！」

自分がとんでもない発言をしてしまったことに気付くはずもなく、クリストファーは自信満々に頷いた。

「そうですか。――ということですが、いかがいたしますか？」

宰相が会場に向かって声をかける。誰に向かって言っているのかと参加者が顔を見合わせたときだった。

「――ならば、セレス・アーガスト辺境伯令嬢に私が求婚してもいいのだろうか」

男の、低くよく通る声が会場に響き渡り、竜王ローファンが前に出た。

先ほどまでの喧騒とは打って変わり、会場内はシ……ンと静まり返る。

誰もがローファンの言動に意識を向ける中――

セレスの前まで来たローファンは蕩けるような甘い笑みを浮かべ、恭しくひざまずくとそっとセレスの手を取った。

「セレス・アーガスト辺境伯令嬢、貴方を愛している。どうか、私と結婚してほしい」

「えっ……？」

まるで物語の一場面のようなローファンの麗しい姿に、会場から悲鳴にも似た歓声が上がる。ざわつく周囲を他所に、セレスはとにかく混乱していた。

――な、なんでこんな状況に……!?

セレスは今にも眩暈を起こしそうだった。

先ほどクリストファーから婚約を破棄された、と思ったら、まさかの竜王からのプロポーズ……？

なんで？

どうして？

この二つの単語が頭の中でぐるぐる回り、セレスの混乱が頂点に達したとき――

ローファンの青い瞳が真剣にセレスを見つめていることに気が付いた。

熱量のこもったローファンの強い眼差し。その瞳を見て、セレスはあのときの夢を思い出す。

幸せそうに寄り添う二人。愛おしげに微笑む自分。望む、未来……

そして、いつだってセレスのことだけを思う、ブルーの瞳。

無意識のうちに、セレスの口からは答えが出ていた。

「……はい」

セレスの返答にローファンは微笑み、そして将来の花嫁に力強く決意を告げた。

「必ず幸せにする」

ローファンの真剣な表情に、セレスの頬は赤くなる。

泣きたくなるくらい熱い気持ちが胸の奥から湧き上がるのを感じていると、一際大きな悲鳴が聞こえた。

「な、な、な、なんでお前が竜王と……⁉」

クリストファーがセレスを指差しながら、わなわなと震えている。

「お前のような女が、あの、偉大なる、竜王と、結婚……⁉　そんな馬鹿な……！」

クリストファーも、そして隣のラァナも目を見開き、口を大きく開けて酷い顔を晒している。

「彼女を侮辱することはこの私が許さない。それに……」

チラリとローファンがセレスの父を見ると、父は頷いて高らかに宣言した。

「今から王都は我が自警団が制圧する！」

その言葉を皮切りに、大きな音を立ててパーティー会場の扉が開かれ、自警団の制服を着た者たちが一斉に流れ込んできた。

会場内は悲鳴と怒声に包まれ、アーガスト家が有する経験豊富で屈強な自警団によって瞬く間に制圧されてしまった。

「こっ、これは一体どういうことだッ‼」

自警団の団員によって無様にも地面に押さえ付けられたクリストファーが喚く。

他の貴族たちは魔力封印の手錠を付けられただけなのに対し、クリストファーとラァナは魔法が使えないよう両手を後ろ手に掴まれ、床に顔を擦り付けるようにして拘束されていた。

「クソッ！　お前たち、この俺になんてことを……！　許さないぞ⁉」

押さえ付けられながらクリストファーが必死に抵抗する。喚き散らすこの国の王子をセレスの父は冷めた目で見下ろした。

「我々アーガスト家は、初代当主から今日に至るまで王家への忠誠を誓ってきた。人間でなかった我が祖先に土地を与え、地位を与え、受け入れてくれた王家に報いるために。それなのに……」

ギリッと歯を噛みしめた父は、憎々しげにクリストファーを……そしてクリストファーを通してここにはいない国王を見た。

（人間でない……？）

セレスは父の言葉に違和感を覚えて、先ほどの言葉を頭の中でもう一度繰り返そうとした。

けれど話を続ける父の大きな声に意識が逸れてしまう。

「我々の忠誠を疑うばかりか、王家は自ら求めた我が娘を蔑ろにした。『王の権限』のもとアーガスト家を不要とみなしたのならば、もう忠誠を誓う義理はない！」

そう吐き捨てると、貴族たちに向けて宣言した。

「アーガスト家は王都を制圧し、隣国ゲルマルクに下るための手土産にする！」

セレスの父アーガスト辺境伯は、バイエルント国を隣国ゲルマルクに併合させせようとしていた。

「父上、それではただの悪役ですよ。――我々はとあるツテを使って隣国と交渉し、併合された際には王家だけすげ替えて、あとは今の体制を維持できるよう取り計らいました。ですから、今まで正当な仕事をしてきた方ならば今の地位を保持できるでしょう。それに、隣国ゲルマルクでは国に納める税額が今の七割程度になる見込みです。……バイエルント国の王家には金遣いの荒い方がいたので、それを補うために皆さんから多くせしめていたようですね」

『金遣いの荒い方』

兄アレクの言葉に、皆があの美しく妖艶な王妃のことを思い浮かべた。

「……おや。噂をすれば、いらっしゃったようですよ」

会場の外からギャアギャアと喚く声が聞こえ、皆が扉の方を向くと、王妃がライオンの獣人ガイアに引きずられるようにして連れてこられていた。

「私に触れるなッ！　このケダモノがっ!!」

「お前だってそうだろうが」

王妃の抵抗を難なく押さえ込んだガイアが、竜王の前まで王妃を運ぶ。竜王を前にした王妃は怯えた顔をしてガクガクと体を震わせた。

「母上!!」

クリストファーは母のもとへ行こうと体をバタつかせたものの、自警団員は拘束の手を緩めなかった。

長い黒髪は乱れ、青ざめた顔をしていても、王妃の美しさは損なわれていない。そんな王妃の美貌を前にしても、竜王は表情を変えなかった。

「ここではマリアンヌと呼ばれているようだな」

「あ……ああ……竜王様……どうか、お許しください……」

人々の同情を誘う、憐れな声。それにも竜王はまったく表情を変えなかった。

「お前の一族は、いまだにお前を探しているようだぞ」

その言葉にビクッと体を震わせた王妃は、顔を俯かせた。

「一族の財宝を奪って逃げた泥棒を見つけたと告げたら、喜んで引き渡しを求めてきた」

「お、お許しを……」

「その言葉はお前の一族に向けて言うんだな」

竜王がガイアを促すと、ガイアは手錠を手に、王妃に近付いた。

その手錠が魔力封印の手錠だと分かると、王妃は今まで以上に抵抗した。

「いやだッ！　それは嫌！　やめて！　やめてッッ!!」

逃げ出そうとする体を押さえ込んで、ガイアは王妃の両手に魔力封印の手錠をはめた。

「いやあああ！　見ないでえええええ!!」

顔を伏せようとする王妃をガイアが後ろから取り押さえる。

すると、王妃の頭からは尖った獣の耳が現れ、お尻からは豊かな尻尾が生えた。

そして……

目鼻立ちのハッキリとした王妃の顔はどこに行ってしまったのか。目は線のように細く、鼻は低くなり、雪のように白かった頬にはそばかすが散っている。傾国と謳われた王妃の美しい顔が、今はもう、見る影もない。

「これは……一体……」

呆然と呟いたセレスに竜王は優しい笑みを浮かべ説明した。

「この者は人間ではなく狐の獣人なのだ。獣人であることを隠すため、ずっと人間の姿に化けていたのだろう」

竜王の言葉にウサギの獣人シルヴァが続く。

「ゴールドに目がないのは昔からだったようですね。狐の一族の財宝は金でできているそうです。財宝を奪って逃げていたときに、隠れ蓑としてこの国に目を付けたというところでしょう」

竜王は視線を王妃に向けると冷たく言った。

「獣人は匂いでバレる。純血であるお前さえ顔を合わさなければやり過ごせると思ったんだろうが、残念だったな。セレス嬢が幸せであれば、思惑通りになったものを」

美しい仮面を剥がされた王妃に、今までのあの気高さは見る影もなく、人目を気にして怯えて震えている。

「獣人の中でも高い魔力を誇る狐が抵抗もままならないとは。二人分の容姿を変えるのは、よほど魔力を使うのだろう」

竜王がそう言った途端、女性の甲高い悲鳴が会場に響き渡った。

「きゃあああああ!!」

皆が悲鳴の先に視線を向ける。すると、ラァナが地面に押さえ付けられながら何事か喚いていた。

「く、クリストファー様！　クリストファー様が……!!」

その言葉に、隣の男の顔を見ると……

「誰……?」

ザワザワと周囲が騒ぎ出す。

クリストファーはつい先ほどまで確かにラァナの隣で拘束されていたはずだ。

でも、クリストファーがいた場所にいるのは、まったく違う顔の男だった。

「あれが彼の元の顔だ。美しいはずの王妃が産んだ子供の見目が悪いとマズイと思ったのだろう。王妃の魔術でずっとクリストファーの外見を変えていたようだ」

「あのお顔が元の……」

美しい王子の見た目が変わってしまったことに、人々は拘束されていることを忘れヒソヒソと囁き合う。

金髪碧眼は変わらないものの、スラッとした細身の体は贅肉でたるみ、丸くなった顔にはたくさんのニキビがあって顔を汚している。二重でくっきりとしていた瞳は、母と同じように細く小さくなってしまったせいで肉に埋もれていた。

美しい王子が豚のような容姿に様変わりしたことに、皆驚きを隠せないでいた。

「な、何があったんだ⁉」

クリストファー本人だけは自分に何が起きたのか分からず、キョロキョロと周囲を見回しているのが哀れだった。

「驚いたか？」

そう言ってローファンが気遣うようにセレスを見つめる。

「え、ええ……」

幼い頃から婚約者としてずっと見てきたクリストファーの姿が、まさか王妃の魔術で作られた偽りの姿だったとは。衝撃的な事実に驚きを隠せない。

けれど、セレスが感じたことといえば、ただそれだけだった。驚いてはいるけれど、ショックを受けることもなければ、ガッカリすることもない。クリストファーの容姿が変わっても心が揺れ動かない自分がセレスには不思議だった。

誰もがクリストファーの姿を凝視する中、隣で拘束されているラァナはいまだ現実を受け止めきれないでいるようで「うそ……うそよ……」と言葉を漏らしている。

「何が嘘なんだ？」

クリストファーが反応してラァナの方を向くと、ラァナは悲鳴を上げて逃げ出そうとした。

「いやあぁぁぁ！　その顔で見ないでぇぇぇ!!」

必死になってもがくものの、屈強な自警団員に押さえ付けられていては、華奢なラァナが逃げられるはずがない。

「なっ！　この俺に向かって無礼だぞッ!?」

自分の身に起きたことにいまだ気付かないクリストファーは、ラァナの態度に憤慨した。

ラァナは今の状況からどうにかして逃れようと、キョロキョロと周囲を見回す。すると視線がセレスの兄アレクで止まった。

「アレク様！　助けてくださいっ！」

考えの読めない顔で二人を見ていたアレクに、縋るような思いで助けを求める。

アレクはゆっくりと近付くと、眉根を寄せて困った顔をした。

「ああ、ラァナ嬢……なんておいたわしい……」

「アレク様のお父様がこんなことをしているのでしょう？　お父様に私の拘束を解くよう言ってくださいっ！」

「ですが、貴方は殿下の婚約者だ。殿下に近しい立場の方を野放しにはできません」

「私が、婚約者……？」

ラァナはそう言って、恐る恐るクリストファーを見る。そこには先ほどと変わらずに金髪の太った男がいるだけだった。

「うそっ！　こんなの嘘!!」

金切り声で否定すると、縋るようにアレクを見つめる。

「ねぇ、アレク様……アレク様はラァナのことが好きなんでしょう？　可愛いっていっぱい言ってくれたものね？　——ラァナ、間違ってた。ラァナが本当に愛してるのはアレク様だって気付いたの……！」

だから助けてほしいと言うラァナに、アレクより先にクリストファーが反応する。

「なっ、なんだと⁉　ラァナ！　何を言ってるんだ⁉」

「クリストファー様……ごめんなさい……ラァナ、自分の気持ちにもう嘘はつけなくて……」

二人とも、全身を床に擦り付けるようにして拘束されながら会話を繰り広げている。

茶番のようなやり取りの中、クリストファーがとんでもない爆弾を投下した。

「そんな……！　俺のことを愛してると言って、ラァナの処女をくれたじゃないか‼」

クリストファーの叫び声は会場中に響き渡った。その言葉に人々はどよめく。

婚約者がいるのに不貞を働いたこと、結婚前に体の関係があったこと……

そういった道徳的なこと以上に、そのときは違っていたとはいえ……この見た目のクリストファーと体の関係を持っていたことに人々はざわついていた。

「なっ……なっ……！」

パクパクと大きく口を開いたラァナは、クリストファーを見て再度悲鳴を上げた。

「いやあああ！　うそ！　うそよ‼　そんなのってないわッ‼」

どこかおかしくなったように騒ぐラァナに対して、クリストファーはなおも傷口に塩を塗りたくる。

「嘘なわけあるか！　あの夜、ラァナはとっても可愛かった……俺のことを好きだ好きだと言いながら必死にしがみついて……」

「言わないでえええええ‼」

額を床に擦り付けながら叫ぶ。こんな大勢の前で既に処女を喪失している事実を晒されたばかりか、その相手が、まさかこんなに醜い見た目だったとは。

心をすり減らされたラァナは、自分に残された一縷の希望に視線を向けた。

「アレク様……」

この国の王子と結婚して自分が王妃になる夢は、王子を生理的に受け付けられなくなったせいで潰えてしまった。それにこの流れだと王家は滅びそうだ。

それならば、今この場を掌握しているアーガスト家の息子にすり寄るのは、ラァナにとって当然の流れだった。次男であるためアーガスト家の次期当主でないのが難点だけれど、それはラァナが上手くやればいいことだ。

そこまで考えて、ラァナは庇護欲をくすぐられる儚げな表情を浮かべた。

「ラァナ、過(あやま)ちを犯してしまいました……こんな私ですけど、まだ、私のこと好きでいてくれますか？　それでもいいって言ってくれますか？」

　うるうると瞳を潤(うる)ませて上目遣いでアレクを見つめる。アレクはじっとラァナを見ると、口を開いた。

「いいわけないだろ」

　アレクはさも当然のように言う。

「えっ？」

「というか、お前のことを好きだったときが一秒たりともないんだけど？」

「えっっ？」

　きょとんとした顔をするラァナに、アレクはしゃがみこみ小さい子供に言い聞かせるように告げた。

「お前が自分の計画のために僕に近付いたように、僕も自分の計画のためにお前に近付いたってわけ。僕を落とそうとするお前の計画に乗るのは大変だったよ」

「え……」

「直接会って話をしたときなんか、少しずつお前にメロメロになったように見せる演技をして……うええ、今思い返しても吐き気がする」

「うそ……」

そう言って顔を歪めたアレクに対し、ラァナは呆然と呟いた。

「だって……ラァナのこと好きだって……」

「お世辞で可愛いとは何度も言ったけど、好きだとは一言も言ってない。言葉には気を付けていたからね。お前が脳内で勝手に変換したんだろ」

「うそ……うそよ！」

「――それにしても」

アレクはゆっくりと立ち上がり、誰が見ても悪役だと思う意地の悪い笑みを浮かべた。

「まさかラァナ嬢が僕のことを愛してると言うなんて……殿下は随分と尻軽な女性と婚約したのですね？」

「……ラ……ラァナ……！　お前！」

クリストファーが丸く大きい顔を真っ赤にして怒りを露わにする。

「俺というものがありながらよくもそんなことが言えたな⁉」

押さえられながらもわずかに顔を上げて怒鳴り散らす。

するとクリストファーの口から出た唾がラァナにかかり、ラァナは悲鳴を上げた。

「ひいっ！　汚いッ！」

「何を⁉　今日だって俺の唇をねだって喜んで口付けられていただろうが！」

「うっ……うっ……うわああああん！」

顔を伏せ号泣するラァナに、怒り狂うクリストファー。

そんな彼らをセレスは呆然と見つめていた。

「――まったく。こんな方々が王家としてこの国に君臨していたなんて、本当にどうしようもありませんね」

今まで黙ってやり取りを聞いていた宰相が前に出る。

彼の腕には魔力封印の手錠はなく、自警団による拘束もされていない。

「宰相！　お前何をしてるんだ！　コイツらに俺を離すように言え‼」

クリストファーが喚き散らす。そんなクリストファーを宰相は冷ややかに見つめた。

「この状況でよくそんなことが言えますね。私がアーガスト家と同じ立場だと、何故気付かないのですか？」

「な、なんだと……⁉」

「貴方たちに『竜家の秘宝』について仄めかし、今の状況を作ったのはこの私ですよ？

予想通り『ゴールド』と『王の権限』をチラつかせたら、貴方たち二人はあっけないほど策に嵌まりましたがね」

そう言って王妃を見る。美しい容姿が消えた王妃はガイアに拘束されたまま項垂れて、かつての気高さも傲慢さもすっかり抜け落ちていた。

「まさか……あの話は嘘だったのか⁉」

「ええ。ただ、かつて王家と竜の獣人には関わりがありましたからね。それを知っている国王陛下には信憑性が高い話だったのでしょう」

「っ！　ち、父上はどうした⁉」

「今頃、国王陛下も殿下と同じように自警団に捕らえられているでしょうね」

そう言って嗤う宰相は切れ長の瞳に嗜虐的な色を浮かべていた。

「そんな……」

大きく目を見開いている……のかどうか分からないほど細い瞳を動かし、クリストファーが驚きを露わにする。

宰相はクリストファーを冷ややかに一瞥すると、手錠を付けられたままになっている貴族たちに視線を向けた。

「皆さんまで拘束することになってしまい申し訳ございません。ですが、我々の意向を知っていただくためにやむを得なかったのです。――先ほど、アーガスト辺境伯のご子息から隣国ゲルマルクとの交渉結果について話がありましたが、それは本当です。とある方の立ち合いの下、方向性についての合意が得られました。もしそれに背くようなことがあればどうなるか、隣国も重々承知しておりますよ」

そう言って宰相は竜王を見た。竜王の名前は出していないけれど、宰相の思わせぶりなその目線で、貴族たちは隣国への併合に竜王が一枚噛んでいることを理解する。

竜王は黙って話を聞いており、同意はしていないものの否定もしなかった。

「……我々アーガスト家が隣国の使者とやり取りをする中で、宰相が独自に隣国と関係を持っていることを知った。だから今回の計画に加わってもらったのだ」

「国王陛下はあの王妃と出会ってから、王妃を優先するばかりでこちらの忠告をちっとも聞き入れなくなりましたからね。その上、息子の王子には甘いばかりで教育もままならない。いつ王家に見切りをつけてもいいよう独自に動いていたのですよ」

宰相は貴族たちを見回すと声を張った。

「王家はもう終わりです。堕落しきった王家に見切りをつけ、新たな時代に進むときがきたのです。隣国ゲルマルクの王は人格者で正しい判断ができる御方。我々は隣国ゲルマルクと共に、より良い道に進むことができるでしょう」

この国の政務に長年携わり、高位貴族とも対等にやり合ってきた宰相の言葉は貴族たちにすんなりと入ってきた。自分たちの地位は保障され、納める税は減り、何より獣人の王の後ろ盾もある。会場内は隣国への併合に前向きな雰囲気が作られつつあった。

貴族たちの様子を見ながら、宰相――ヴァンベルク侯爵は今の状況に満足していた。

ずっと厭わしいと思っていた王家に報復することができ、隣国への交渉も楽に進めることができた。ヴァンベルク侯爵単独で、なおかつ宰相という立場だけでは隣国と対等な話し合いなどできなかっただろう。

これも全て、竜王がやってきて併合に向けて積極的に関わってくれたおかげ。

宰相は感謝の意を込めて竜王を見た。その眼差しを受け、セレスの側にいた竜王が宰相のもとにゆっくりと歩いていく。

「……ヴァンベルク侯爵、貴殿はこの国の宰相職を長年にわたり務め上げてきた。今後、隣国とさらなる話を進めていく上で、貴殿の役割は重要なものとなるだろう」

「承知しております」

その言葉に宰相は重々しく頷いた。顔には出さないものの、偉大なる王に自分を評価されたことが嬉しかった。

「だが……」

竜王の表情が変わる。

竜王ローファンは為政者としての自分を捨てて、一人の男としての顔を見せた。

「セレス嬢に今まで行ってきた仕打ちは、到底許せるものではない！」

ローファンの激情が伝わってきて、恐れを感じた宰相は一歩後退った。

ローファンはさらに宰相との距離を詰めると、その身に秘めた怒りを露わにする。

「自分の立場を顧みず、セレス嬢に責任を押し付け、さらに彼女を傷付けて自分の嗜虐心を満たすなど貴殿の行動は許しがたい！」

ローファンの怒気で会場がカタカタと揺れる。

宰相はできることなら今すぐこの場から逃げ出したかった。人目を憚ることなく、惨めでみっともなくて、人に笑われてもいい。それでも構わないから、一刻も早くこの男から離れたかった。

けれど、獣人の王の怒気を一身に浴びて、宰相の体は凍り付いたように動かない。

「これは、竜王としての行動ではない。セレス嬢を愛する、一人の男としてのものだ！」

竜王の右腕が大きく振りかぶられる。勢いをつけた拳が、宰相の頬に打ち付けられた。

――ドゴォォォ!!

ローファンの渾身の一撃を食らった体は高く跳ね上がり、地面に叩き付けられる。

「父上!!」

ジェラルドが悲鳴を上げて宰相に駆け寄る。倒れた体をゆっくり起こすと、宰相の鼻は不自然に曲がり、鼻から下は一面血で汚れ、悲惨なことになっていた。

「な、なんてことをするんだ！」

果敢にもジェラルドがローファンに声を上げる。魔力を行使せず腕力だけでここまで宰相を痛め付けたローファンは、それでもなお激情をその胸に宿していた。

「何をしたか、だと……？」

ローファンの体から強い憎しみと怒りが滲み出て、ジェラルドと宰相は「ヒッ！」と息をのんだ。

「お前たちがセレス嬢にしてきたことを、まだ省みないのか……？」

ガクガクと震える体。いまだかつて経験したことのない恐怖に二人はみっともなく抱き付き合う。恐怖のあまり顔は青白く涙目になっていたけれど、ジェラルドはなおもローファンに向けて声を上げた。

「きゅ、急にやってきて首を突っ込んできた貴方に言われたくない……！」

「もうやめなよ」

そう言ってアレクが前に出る。ジェラルドとローファンの間に入ったアレクは、ローファンに殴られてボロボロになった宰相と、震えるジェラルドを見た。

「もうさ、見苦しいよ。負け犬は尻尾を巻いてさっさと退散しなよ」

「なんだって⁉」

「お前が竜王に盾突くのは、父親がやられたからだけじゃないんだろ？」

自他共に認めるほどひねくれた性格をしているアレクだが、それはこの男も同じ。

アレクはジェラルドに近付くと、しゃがみこみ、ニッコリと笑って言った。

「お前も残念だったね。好きな子を虐（いじ）めて楽しんで、それで他の男に取られるなんてザマァないね」

「なっ……！」

ジェラルドが目を見開く。頬がさっと羞恥（しゅうち）に染まった。

「なっ、何を馬鹿なことを！」

「もっと素直になっていれば、もしかしたら違う未来があったかもしれないのに」

ぼそりと呟かれたアレクの言葉に、ジェラルドは思わずセレスを見た。心配そうにこちらを見ていた彼女と目が合う。

「――？」

セレスは何故、ジェラルドが今自分を見ているのか分からない様子だった。

「竜王よりもずっと長い間近くにいたのにさ。意識すらされてないんだね、可哀相に」

「それは……」

それは、自分が好意を示してこなかったからだと、ジェラルドには分かっていた。

ジェラルドが初めてセレスと会ったとき、その時点で彼女は既に王子の婚約者だった。もう手に入らない人だからと何度も諦めようとしたのにできなくて、セレスへの好意は少しずつ歪んでいった。

少しでもセレスの近くにいたくて、でも自分のものにならない彼女が憎らしくて。彼女の気を引くために、欲望の赴くまま酷い言葉を投げ続けてきた。

まさか、こんな未来があるなんて思いもしなかったから。

ジェラルドは呆然とした様子でローファンとセレスを交互に見つめると、自分がしてきたことの結果に大きく肩を落とした。

「——ふ、ふふふ……」

ざわめく会場内で、自警団員に拘束されたままのクリストファーが一際大きい声を出した。

「ふははは!! なんだその無様な姿は! これが策士と謳われた我が国の宰相か!」

先ほど自分を馬鹿にした宰相の変わりきった姿に、クリストファーが興奮したように騒ぐ。

「ジェラルド! お前の自慢の父親が随分と派手にやられたようだな!」

そう言って嗤（わら）うクリストファーの顔は、脂肪とニキビに覆われて見られたものではない。

高笑いをする醜（みにく）い顔のクリストファーや、惨（みじ）めに俯（うつむ）く宰相（さいしょう）たちの姿を交互に見ていたセレスは、今まで自分が囚われていたものはなんだったのだろうと思い始めていた。

今、ローファンやセレスの家族たちが自分を縛っていたものを一つ一つ外してくれている。

それを、自分は見ているだけで……自分を思って行動してくれている人たちをただ待つだけで本当にいいのだろうかとセレスは感じていた。

今まで受けた仕打ちを自分のことのように怒ってくれたローファンを見る。すると、セレスの視線に気付いたローファンが温かな笑みを浮かべてセレスのもとにやってくる。

「あの……、私……！」

ローファンの優しい表情に後押しされて、セレスが顔を上げる。すると、それを遮（さえぎ）るようにローファンが言った。

「……セレス嬢は、氷の鏡を作ることができるか？」

「えっ？」

その言葉にセレスは少し考えて、大きく頷（うなず）いた。

「もちろんです」

セレスが両手を掲げ魔力を放出すると、氷の家系魔法でできた美しい鏡が四枚浮かび上がる。軽く手を振り、それを目的の場所まで飛ばした。

「ハハハハ！　……ん？　なんだ？」

クリストファーは突如自分の前に現れた鏡に首を傾げた。氷でできたその鏡は、キラキラと輝いて鮮明に姿を映し出している。

今までずっとクリストファーを押さえ付けていた自警団員が、指示を受け拘束を解く。解放しろと訴え続けてきたクリストファーに訪れた絶好の機会だけれど、クリストファーはその場から動こうとはしなかった。

「な、なんだ、コレは……？」

目の前に映る人物から目が離せない。

ゆっくりと立ち上がり、フラフラと鏡に近付いていく。鏡にべったりと両手を付け鏡に映るモノを凝視するけれど、ソレは変わらずそこにあった。

「なんだ、この醜い男は……？　こんな、肉に埋もれ、顔は汚く、嫌悪しか湧かないこの姿は、一体なんだ……？」

まさかソレが自分自身だと思いもしないクリストファーは、ハッ！　と気付き、大声を上げた。

「そうか！　これは魔術だな⁉　鏡に細工しているのだろう！　誰だ！　こんなことをしたのは‼」

クリストファーの声に、落ち着いた女性の声が答える。

「殿下……」

鏡から体をずらすと、そこには真っ直ぐに自分を見つめるセレスが立っていた。

「なんだお前か。おい！　馬鹿なことをするのはやめろ！　そんなことをしたって婚約破棄は覆さないぞ⁉」

「殿下、私は何も加工していません。この鏡に映っているのは、正真正銘殿下のお姿です」

「俺の姿だと⁉　馬鹿を言うな！　誰もが見惚れる俺の美しい顔が、こんな不細工であるわけないだろ！」

「この鏡には、正しく殿下のお顔が映っております」

「何度も言わせるな！　この愚か者め！　なんだこの見苦しいモノは！」

クリストファーが怒りに任せて目の前の鏡を殴る。ドンと大きな音は出たものの魔力で作った鏡はビクともしなかった。

「……ん？」

そのとき、振り上げた右腕が随分と重いことにクリストファーは気付いた。

クリストファーは自分の腕を見る。今まで特に運動しなくても筋肉がほどよく付いていた腕は、何故か急に洋服がキツくなってしまってパツパツになっている。

視線を下げると、下も同じ状態だった。ウエストがキツイと気付いたクリストファーが服の上から自分の腹を撫でると、そこには今までなかった肉があった。

「な、なんだ……？」

得体の知れない恐れがクリストファーを襲い、急いで服をまくって直接腹に触れる。

すると今まで何もしなくてもうっすらと腹筋が割れていた腹は分厚い脂肪で覆われていた。

さらに服をたくし上げると、クリストファーの視界にぼよんと飛び出た脂肪の塊が現れた。

「ひぃっ！」

これ以上見ていられなくて、慌てて服を元に戻す。

クリストファーはだんだんと呼吸が浅くなっていくのを感じた。

――怖い……

怖いけれど、試さずにいられない。

恐る恐る両手を上げて自分の顔に触れる。すると、自分の手は確かに重たい頬の肉を感じた。

今までには、なかったもの。

ふと目の前の鏡を見ると、そこには自分の頬を押さえた醜く太った男の姿があった。

「う、嘘だーーーー!!」

クリストファーが絶叫すると、目の前の男も大きく口を開けて醜く叫ぶ。見ていられなくて目を背けると、セレスの視線とぶつかった。

真っ直ぐに自分を見つめる、アメジストのように輝く瞳。

その瞳が、醜い自分が真の姿であると伝えてくるようで、クリストファーは後退った。

セレスの瞳から逃げるように周囲を見回すと、たくさんの人々が自分を見ていることに気付く。先ほどまで自分を拘束していた自警団員の憐れむような視線、貴族たちの好奇に満ちた視線……

そして、ラァナは……

かつて愛していると言ってその身を捧げた男のことを、まるで汚物を見るかのような眼差しで見ていた。

「や、やめろ……見るな！　見るなァア!!」

視線に怯えて顔を隠すようにうずくまる。今までのクリストファーには考えられないことだった。自分の容姿に絶対的な自信を持ち、美しいと持て囃されていたクリストファーには。

「殿下……」

うずくまり震えるクリストファーに、セレスが声をかける。

自分に現実を突き付けた張本人が目の前にいると思うと、惨めで悔しくて、クリストファーは顔を上げると感情の赴くままセレスに詰め寄った。

「お前からしたら嬉しくて仕方ないだろうな！　俺が苦しむ姿が見られてそんなに楽しいか⁉　俺が皆から馬鹿にされるのがそんなに嬉しいか⁉　そんなに、俺が、嫌いなのか……！」

クリストファーの叫びにセレスは一度視線を下げると、再び顔を上げて真っ直ぐにクリストファーを見た。

「私は……ずっと殿下との関係を良好なものにしたいと思っておりました。私たちの婚約は強制されたものでしたが、それでもいつかきっと、心を通わせることができると信じておりました。殿下に、愛していただけないのは、自分が至らないからだとも。……でも、そもそも情を求めることが間違いだったのですね。――だって」

今まで自分を縛っていたものと決別するために、セレスは心のうちを明かした。

「私だって、殿下を愛していなかった」

固まるクリストファーに、セレスは続ける。

「それは、誰からも称賛されるお顔であっても、今のお顔であっても、変わることはありません」

そう、セレスにとって、クリストファーの美醜は関係なかった。

クリストファーの顔が様変わりしたことで態度を変えたラァナは、ラァナなりにクリストファーを思っていたからこそ大騒ぎして、そして幻滅したのだろう。

真っ直ぐに顔を上げて話していたセレスは、次の瞬間ふっと頬を緩ませた。

「私、本来の姿の貴方に、お別れを言いに参りました」

そう言ってクリストファーを見たセレスは、心からの笑みを浮かべた。

「殿下、私との婚約を破棄してくださってありがとうございました」

最後に優雅に礼をすると、セレスは後ろを向いた。視線の先にはローファンが立っている。

セレスが歩む、これからの新しい未来……

ローファンにエスコートされて、セレスはクリストファーに背を向けて歩き出した。

「お、おい！」

セレスの幸福に満ち溢れた美しい笑みを見て、思わず固まってしまったクリストファーは慌てて声をかける。すると、鏡に映る自分と目が合った。

「ヒッ‼」

おぞましい顔に腰を抜かしたクリストファーは、鏡から逃げようと後ろを向く。

すると鏡は四枚に分かれ、逃さないようにクリストファーを包囲した。全方面を鏡に囲われたこの場所では、どこを見ても自分の姿を目に入れてしまう。

長年にわたり虐げてきたかつての婚約者に見惚れてしまった、愚かで醜い自分の姿を。

「や、やめろ……やめろぉぉぉおお‼」

氷の鏡でできた囲いの中から、クリストファーの苦痛の叫びが聞こえてくる。

その声に、セレスは一度立ち止まる。

けれどローファンに促されて再び歩き始めたセレスは、最後まで後ろを振り返らなかった。

第五章

パーティー会場を出たセレスは、ローファンに押し切られる形で獣人の住む大陸に向かっていた。

確かにセレスはローファンからのプロポーズを承諾した。けれど、まさかその日のうちに向こうの国に行くとは思ってもみなかった。

「もちろん婚姻準備のためにまた戻ってくる。ただ、バイエルント国はこれから変革に向けて騒がしくなるだろう。そんなところにセレス嬢を残しておきたくない」

真剣な顔で訴えるローファンにセレスは躊躇(ためら)いつつも頷(うなず)いた。

「ご家族は同意の上だ」と言われてしまえば、セレスに断る理由はない。今日のためにどこまで計画していたんだろうと驚くばかりだ。

獣人の国に向かう道すがらでも一悶着(ひともんちゃく)起きた。早く向かいたいローファンが、獣化してセレスを連れていくと言い出したからだ。竜の獣人であるローファンが獣化すれば、竜に変わる。竜の背に乗っていけば早いと言うローファンに、ウサギの獣人シルヴァが猛反論した。

「どうやってセレス様が乗るというんですか！」

「何、竜の角に掴まってもらえばいいだろう」

「人間の貴族令嬢は馬にも乗らないのですよ。竜になんて乗れるはずがないでしょう！」

「え、ええ……」

セレスは一般的な貴族令嬢とは異なり、自然豊かな領地でのびのびと暮らしてきたため、馬くらいなら乗ることができる。けれど、馬と竜とではまったく違う気がすると、ここでは黙っていることにした。

「獣人の方は獣化した場合、その……洋服などはどうなるのですか？」

ローファンは今、パーティーのために正装してきている。もし洋服が破れてしまうのなら獣化を諦めてくれるのではないかとセレスは思い付いた。

「ああ、獣化と人化の際に魔力が使われるから問題ない」

ローファンの返答にシルヴァが続く。

「人化するときは、獣化の前に着ていた服を身に纏った状態で現れます。ですから裸を見せることはありませんのでご安心ください」

「そうなんですね」

それではローファンの提案を断る理由にはならなくなる。あとはもう正直に気持ちを伝えるしかなかった。

「ローファン様……有り難いお話なのですが、私一人で竜の背に乗せていただくのは少し不安です」

「そうですよ。セレス様がもし背から落ちてしまったらどうするのです。私かキースのどちらかが一緒に乗って支えるのならいいでしょうが、セレス様に触れさせるのは嫌でしょう？　それに、船を引く役目としてワニの一族を呼んでいますから、心配せずともすぐに着きますよ」

「……仕方ない」

渋々頷いたローファンは一刻も早くセレスをこの国から離したいようだった。自分を思っての言動に、セレスは戸惑いながらもくすぐったいような気持ちになる。

海岸まで着いた一行は船に乗り換え、その日のうちに獣人の国に到着した。

竜王ローファンが統治する獣人の国の王宮は、強固な高い外壁に覆われた、要塞のような城だった。そんな圧迫感のある外観に反して通された部屋は明るく清潔で、置かれた家具や調度品は洗練されていて落ち着いた空間を作っている。

セレス専属の侍女として二人の獣人を紹介した後、ローファンはセレスに向かって言った。

「今日は疲れただろう。まだ慣れないだろうが、この部屋でゆっくり休むといい」

ローファンは言葉を区切ると、セレスの顔を覗き込んだ。

「明日は一緒に昼食を取ろう。その後でセレス嬢と話をする時間が欲しい。……いいか？」

「もちろんです」

頷くセレスにローファンは甘い笑みを見せると、おやすみの挨拶をして部屋から出ていった。

セレスは侍女の手を借りて就寝の支度をしながら、今夜は何もないようだとそっと息をついた。それは安堵の気持ちからか少し残念に思う気持ちからか、自分の気持ちが分かりかねて、セレスは一人顔を赤らめた。

次の日、ローファンは庭園でのランチにセレスを招待した。

侍女に連れられて辿り着いたその場所は、色とりどりの花々が咲き誇る美しい庭園だった。

「わぁ！」

素敵な庭園にセレスは思わず声を上げる。その様子に、侍女の一人で年配の犬の獣人マーサがニコニコと笑いながら教えてくれた。

「この庭はセレス様が少しでも心穏やかに過ごせるようにと竜王が整えさせた場所なんですよ。以前は竜王の母君が大切に管理しておりましたが、母君亡き後はずっとそのままになっていて……こんなに美しい姿を見るのは久方ぶりですわ」

「そうなんですね……」

ローファンの心遣いを有り難く思いながらセレスは庭園をゆっくり歩く。

道なりに進んでいくと、中央の開かれた場所に白いクロスがかけられたテーブルが置かれ、ローファンが席に着いて待っていた。侍女たちは頭を下げてその場から離れていく。

「お待たせしてしまって申し訳ございません」

セレスが言うとローファンは穏やかな笑みで着席を促した。

「大丈夫だ。昨日は眠れたか？」

「ええ、お心遣いに感謝いたします」

「そんなに堅くならなくていい。我々は近いうちに夫婦になるのだから」

ローファンの言葉にセレスはかあっと顔が熱くなるのを感じた。

「えっと、あの、そ、そう、ですね……！」

しどろもどろになるセレスの様子にローファンは目を細めると、空気を変えるように手を叩いた。

「まずは食事にしよう。このまま話し込んで料理を冷ましてしまっては、料理長に目くじらを立てられそうだ」

そう言われ、セレスは出された料理に目を向ける。並べられた品々はどれも馴染みのあるものばかりだった。

「食文化は人間の文化に大きく影響を受けて、獣人の国でもかなり発達している。大きく変わりはないと思うが、気になることがあればなんでも言ってほしい」

「ありがとうございます。ローファン様は各国を回られていた際、食事はお口に合いましたか？」

「ああ。人間の国の料理は丁寧でどれも美味しい。そういえば、アーガスト家で飲んだワインは美味しかったな」

「我が領の特産品なんです。気に入っていただけたようで何よりです」

ローファンからアーガスト辺境伯領自慢のワインを褒められて、セレスは顔を綻ばせた。

出された料理はどれも美味しく、ローファンとの会話は穏やかで心が落ち着く。セレスは当初感じていた緊張がほぐれていくのを感じていた。

食後のお茶を終えた後、ローファンから少し歩こうと言われ、庭園のさらに奥へと足を運ぶ。

歩いていくと、木々が生い茂ったその先にゆったりと二人で座れる木製のブランコが現れた。ローファンに促されセレスは腰を下ろす。その隣にローファンも座ると、感慨深い様子で呟いた。

「この場所は、母が一番好きな場所だったんだ。母が亡くなってからは父も俺もずっと立ち寄らなくなっていたが、こうしてセレス嬢と来ることができるなんてな」

「そうだったんですね」

セレスが周囲を見渡すと、美しい木々や花々、そしてそびえ立つ王宮が見えた。

ふと、この光景に見覚えがある気がして、何故だろうとセレスは首を傾げる。いつ見たのだろうかと思い巡らせたセレスの思考を遮る、ローファンの甘やかな声が耳に届いた。

「セレス嬢……いや……セレスと呼んでも？」

「は、はい」

ローファンから醸し出される甘い雰囲気に、照れたセレスが顔を俯かせる。

その様子を見ながらローファンが頬を緩めて優しく告げた。

「セレスが求婚を受け入れてくれて嬉しく思う」

ローファンの青い瞳が真っ直ぐセレスに向けられる。見つめ返したいのにどうしてもこんな恋人同士のような雰囲気には慣れなくて、視線はつい足元にいってしまう。

「――手を握ってもいいだろうか?」

「えっ⁉」

弾かれるようにして顔を上げたセレスは、ローファンと視線がぶつかって慌ててまた顔を俯かせた。

(か、過剰に反応しすぎたわ……)

異性と手を触れるくらい、今までクリストファーとのエスコートで何度もしてきた。頭では分かっているのに、顔が熱い。返事が上手くできなくてセレスは頷いて返した。

膝に重ねるようにして置かれていたセレスの手を、ローファンは上からそっと握りしめる。

触れられた手の甲が、温かかった。

「こうやって、貴方に触れたいと思っていた」

ローファンからそう言われて、セレスは数日前の円形競技場での出来事を思い出す。

過去のトラウマを告げて心を乱していたセレスに、ローファンの大きな手が慰めるように向けられて、そして何もせずに離れていった。

――あのとき、ローファン様は私に触れたいと思ってくれていたの……？

おずおずと顔を上げてローファンを見つめ返したセレスに、ローファンは笑みを浮かべた。

「セレスが隣にいてくれることが嬉しい。ずっと、側にいたかった」

ずっと、というローファンの言葉の響きが、ここ一、二ヵ月のことを指しているのではないようでセレスは首を傾げる。

「実は、セレスに伝えなければならないことがあるんだ」

「私にですか？」

「ああ」

そしてローファンが、今まで言えずにいた大切なことを告げようとした、そのときだった。

「貴方は、俺の……」

「ローファーーーン!!」

突如、甘い雰囲気をぶち壊すように……

キャーキャーとはしゃぐ子供たちの声と、野太い男性の声が美しい庭園に響き渡った。

「おーーーい！　どこだあーーー!!」

大きな声でローファンを探す男性の声が王宮側から聞こえてくる。

ローファンは誰が来たのか見当がついているらしい。眉根を寄せると嫌そうな顔をした。

子供の駆け回る音と共に、男性の姿が現れた。顎から口まわりにかけて髭で覆われた顔、ガッシリした体からは大きく太い尾が垂れ下がっている。

「おお！　ここにいたのか！」

ドスドスと音を立てながらやってきた男は、セレスに気付いて目を見開いた。

「誰だぁ？　見ない顔だな」

挨拶をしようとしたセレスを制して、ローファンは立ち上がると一歩前に出る。

「ゼフ、来るなら事前に連絡しろと前々から言っているだろう。今は取り込み中だ。下がっていろ」

「そう言うなよぉ。俺とお前の仲じゃねぇか。ちょっくら大変なことになっちまってよぉ」

追い返そうとするローファンに対し、ゼフと呼ばれた男は馴れ馴れしく付き纏い、帰る様子はない。すると、ゼフの後ろから小さな男の子と女の子が走ってきてセレスに駆け寄った。

「このお姉さんだぁれ？」

「私はねぇ、ミラ！　こっちは弟のルル！」

二人ともゼフと呼ばれた男と同じ尾をしている。キラキラとした子供たちの瞳にセレスは思わず顔を綻(ほころ)ばせると、二人に向かって優しく挨拶(あいさつ)をした。

「私はセレスよ。よろしくね」

セレスが返事をしたことでますます二人の質問は止まらなくなる。

「なんでセレスはここにいるの？」

「ここのお庭がこんなに綺麗になってるの、私初めて見た！　セレスはなんのお花が好き？」

子供たちのきゃいきゃいとはしゃいだ様子にローファンは息をつくと、セレスを立たせて皆に紹介した。

「彼女の名前はセレス。俺の妻となる女性だ」

「セレスと申します」

『妻』という響きにまだ慣れなくて、ローファンの紹介に頬を赤らめながらセレスは礼をする。その紹介にゼフは口をあんぐりと開けた。

「つまぁ⁉　おい！　聞いてないぞ⁉」

「まだ公表していないからな」

「馬鹿言うなよ！　俺とお前の仲じゃゃねぇか！」

喚き立てるゼフを無視してローファンはセレスに言った。

「この男はゼフ。トカゲの獣人だ。俺の母とコイツの母君が姉妹でな。俺の従兄弟にあたる男だ。この子たちの父親でもある」

「そうなんですね」

「おい！　ローファン！　俺を無視するなっ！」

ゼフはローファンの腕を引くと、数歩離れた場所でコソコソと話し始めた。

けれど、本人は小声で話しているつもりでも、もともとの声が大きいため話の内容はセレスにも聞こえてしまっている。

「彼女、純血じゃないだろ⁉　それでなくても竜はなかなか子供が生まれないのに、寿命の短い人間なんかを嫁にして、跡継ぎはどうするんだよ！」

「騒ぎ立てるな。――それに」

ローファンはセレスには見えないように背を向けると、ゼフを睨み付けた。

「セレスを悪く言うようなら、容赦しない」

凄まじい迫力にゼフは顔を青くして両手を上げた。

「わ、悪かったって」

ローファンは目の前の従兄弟を見ながら内心溜息をついた。

この従兄弟は、これでもトカゲの一族の長をしている。きっとセレスの侍女は、ローファンとセレスの時間を邪魔してはならないと思いつつも、長であるこの男のことを止められなかったのだろう。今まで急な来訪を許してきたのも悪かった。セレスがいる今、これからは王宮への出入りを厳しく管理しなければ。

そんなことを考えながら、ローファンはこれ以上セレスと大切な話をするのは難しいと諦めて、ゼフに向かって尋ねた。

「……で、何しに来たんだ？」

ローファンがようやく話を聞く気になったことで、ゼフは身振り手振りを使って話し出す。

トカゲの一族は鉱山を掘って、出てきた素材を売って生計を立てている。ある日、非常に貴重な素材が出てきて喜んでいたら、そこは自分のエリアを越えてオオカミが所有する鉱山だった。それを知ったオオカミは、当然自分の土地で出たものは自分たちのものだと主張する。ただ、掘り当てたトカゲ側も全て差し出すのは癪に障る。

もともとトカゲとオオカミは仲が悪く、話し合いは平行線のまま上手くいっていないらしい。一触即発の状態で、ゼフは従兄弟のローファンに助けを求めに来たのだという。

ローファンはしばし考えると、「シルヴァを呼ぶ」と言った。

「お前たちだけでは武力行使に出るだろう。我々が仲裁に入る」

そう決めたローファンは、侍女を呼ぶとセレスに目線を合わせて告げた。

「すまないが急を要する仕事ができた。しばらくの間、部屋で過ごしていてほしい」

「分かりました」

「また一緒に食事をしよう」

侍女がセレスの側に来たのを確認すると、ローファンはゼフとその子供たちを連れて庭園を後にした。

セレスは侍女と共に部屋に戻りながら、先ほど聞いたゼフの言葉を思い返していた。

『それでなくても竜はなかなか子供が生まれないのに、寿命の短い人間なんかを嫁にして、跡継ぎはどうするんだよ！』

ゼフは、セレスを蔑もうとして言ったのではないのだろう。彼の言葉には純粋にローファンを心配する気持ちがこもっていた。

だからこそ――

その言葉が耳に残って、しばらく離れなかった。

部屋に戻ったセレスは、侍女に用意してもらった本を読んで午後を過ごした。

その間、ローファンが選んだ二人の侍女は細やかな気配りでセレスを支えてくれている。小柄でふくよかな年配のマーサと、マーサと同じ犬の獣人で年若いサラは、セレスを仕えるべき主人として接していた。

バイエルント国の王宮内では、セレスはお飾りの婚約者であり、いないものとして扱われるか、もしくはクリストファーをもっと管理するよう求められるかでしかなかった。セレスにとって今まで王宮は辛い場所でしかなかったけれど、侍女たちはセレスが何不自由なく過ごせるようにと気遣ってくれている。その背後にあるローファンの優しさが伝わってきて、セレスは嬉しかった。

夕食のときはローファンと一緒にいられるのだろうか。そんなことを考えていたセレスのもとに、ヒョウの獣人キースがやってきて残念な知らせを告げた。

なんでも、獣人の王として至急対応しなければならない案件が発生して、ローファンとはしばらく会えないのだという。

さらにそれがバイエルント国の国王が誘拐されたからだと聞いて、セレスは驚愕した。

「誘拐ですか⁉」

「そうなんだよー。神殿から王都へ連行する途中で襲撃に遭ったらしくてね。国王だけ連れ去られたみたい」

「だ、大丈夫なんでしょうか？」

「うーん……まだ分からないけど、バイエルント国ではそれほど重要視してないみたいだねー。もともと王家は廃絶するつもりでいたからーって」

宰相あたりなら言い出しかねない言葉にセレスは絶句する。

「セレスちゃんの家族には何もないから心配しないで！」

そう言ってキースは笑っていたが、セレスは念のため家族に向けて氷の鳥を飛ばしておいた。

「大丈夫かしら……」

漠然とした不安を感じて、氷の鳥が飛んでいくのをぼんやりと眺めながら、セレスは一人窓から暗い空を見つめた。

キースが言っていた通りローファンは忙しいようで、次の日はローファンと一度も顔を合わせることなく一日を過ごした。

代わりに午前中はシルヴァが部屋にやってきて、いつでも書庫を使っていいと入室の許可を出してくれた。午後は狐の一族のもとへ行っていたライオンの獣人ガイアがお土産を持って現れてくれたし、顔馴染みの獣人たちも何かとセレスを気にかけて会いに来てくれる。

そして丸一日ローファンと会わずに過ごした次の日の朝、キースがやってきて「外出しよう！」と言い出した。

「セレスちゃんもずーっと王宮の中にいたらツマラナイでしょ？　外に出ようよー！」

「お気持ちは有り難いのですが、でも、良いのでしょうか？」

「俺がいるから大丈夫だよー！　ちゃんと護衛も連れてくし、なんだったらセレスちゃんの侍女も連れていっていいからさ。ねっ？」

そう言ってニッコリ笑いかけられて、セレスは半ば強引に、王宮の程近くにあるというヒョウの一族が住む集落へ行くこととなった。

王宮から馬車で三十分ほどの距離にあるその町は、木でできた家が立ち並び、自然豊かな光景が広がっていた。セレスが知る人間の町と同じように、食べ物を取り扱う店や広場もある。けれど、外を歩く人々の体には獣の特徴が現れていて、セレスはここが獣人の大陸であることを改めて実感した。

セレスとキース、そして侍女のサラと二人の護衛で構成されたメンバーは、キースの案内のもと町の奥へと進んでいく。

「素敵な町ですね」

「ありがとー！　ここは比較的人間の暮らしと似てるけど、もっと異なる集落もあるんだよー。例えばね……」

「キース‼」

後方からキースの名前を呼ぶ甲高い声がして、セレスは声のする方向へ顔を向ける。

するとそこにはヒョウの耳と尾を付けた、気の強そうな美しい女性が立っていた。

「やっだ、キースが帰ってくるなんて珍しい！　父さんたちにはもう会った⁉」

「ベッラ……」

セレスは隣に立つキースの雰囲気が変わったことに気付く。

いつも飄々としているキースの顔はわずかに強張り、心なしか身構えているように見えてその変わり様にセレスは驚いた。

「帰ってこいって言われてもちっとも帰ってこないのにぃ」

「……お前こそ、なんでここにいるんだよ」

「あら、里帰りって言葉を知らないの？　たまには実家に帰って羽を伸ばしたっていいでしょー」

「まだ結婚したばかりじゃないか……」

ぼやくように呟くキースを無視して、ベッラと呼ばれた女性は隣に立つセレスを見た。思いがけず強い眼差しにセレスは怯む。上から下までセレスをジロジロと見ると、ベッラは蔑むように吐き捨てた。

「なあに、この『半端者』は？」

その言葉に護衛二人はセレスを守るようにベッラから距離を取らせる。過剰なまでの反応にセレスは驚いて二人を見たが、彼らは何も言わなかった。

「悪いけど、今はお前と話している時間はない。じゃあな」

「あら！　兄様は久しぶりに会った妹に対して随分冷たいのね！」

背を向けたキースにベッラは声を張り上げる。

「政治の駒として妹を使っておきながら、何か言うことはないのかしら！」

「っ！　それはお前が……！」

思わず反応したキースは、隣にいるセレスを見て口を閉ざす。その様子を面白くなさそうに見ていたベッラは、突然何かに気付いたように目を見開くと、ずかずかとセレスに近付いてきた。

「アンタ、まさか……」

当然護衛の一人に押さえられるものの、それに構わず体を前に突き出すようにしてセレスに向かって叫ぶ。

「まさか、まさか！　アンタがローファンと一緒に人間の大陸から来たっていう女？　この半端者が⁉」

ベッラの口からローファンの名前が出たことにセレスは驚く。

ベッラの美しい顔はだんだんと険しく歪んでいった。

「もしかしてローファンに媚びを売って、何か便宜を図ってもらったんじゃないでしょうね⁉　その小綺麗な顔に涙でも浮かべてローファンの同情を引いたんじゃ……」

「ベッラ！」

キースはベッラに近付くと、その手を引いて護衛から引き剥がす。抵抗するベッラに構わずキースはその場から離れると、道の端に追いやりベッラの肩を掴んで顔を覗き込んだ。

「ねぇ！　あの半端者、もしかして今、王宮で暮らしてるんじゃない？　そうなんでしょ⁉」

「これ以上、俺たちに近付くな」

「何よっ！　私に命令しないでっ！」

抵抗する妹に、キースは肩を掴む手の力を強めた。

「お前のためを思って言ってるんだ。あの方を傷付けるようなことがあれば、政略結婚どころじゃない……もっと厳しい罰がお前に下されるぞ？」

『政略結婚』という言葉に体をビクつかせたベッラは、キースの言葉に怯んだようだった。

恐る恐る兄の顔を見つめるベッラに、キースは溜息をつく。

「もう家に帰るんだ。いいな？」

いまだ納得していないような反抗的な表情をしていたものの、ベッラは何も言わずキースに背を向けて帰っていった。

ベッラが離れていくのを見届けたキースは、妹のしでかしたことにもう一度溜息をつく。

セレスに言いがかりをつけていたけれど、ローファンに色目を使っていたのはベッラの方。兄が竜王の側近であることをいいことに、事あるごとにローファンに付き纏っていた。

「恋愛対象として見れない」とローファンが妹を拒絶する姿を、キースは何度も見ている。キースがどれだけ諭しても、ローファンからすげなく断られても、一向にめげないベッラは鋼のメンタルを持っていた。

そんな諦めの悪いベッラとずっと一定の距離を取ってきたローファンだったけれど、

セレスを妻に迎えると決めてからの行動は早かった。ベッラが近くにいればセレスに危害を加えると思ったのだろう。キースの父に打診し、王宮から遠い地に領土を持つ鳥族の長老の後妻にベッラをあてがった。

その長老というのが、番（つがい）が見つからなかった反動からか、複数の女性を侍（はべ）らせていると有名な男で、美貌と親の地位で好き勝手に暮らしてきたベッラにとっては屈辱的な結婚に違いない。キースに噛み付いてくるのは想定内のことだった。

それを仕掛けたのが愛するローファンだとは気付いていないようだけれど。

今日の様子を見ると、結婚させてベッラを強制的に王宮から離したのは正解だったようだ。妹とはいえ、ベッラを放置していたら何をしでかすか分からない。実際、初対面のセレスにあんな態度を取るなんて……

「参ったなぁー……竜王サマになんて報告しよー……」

セレスのためを思って外出に誘ったのに、結果的にセレスを怯えさせてしまった。

(こんなはずじゃなかったのに)

思い通りにいかず、顔を歪（ゆが）めたキースは頭を掻（か）いた。

護衛たちと待っていたセレスは、一人戻ってきたキースから謝罪を受けた後、本来の目的地に向かった。町の奥の小さな林のような場所を抜けると、そこは高台になっていて、遠くの集落を見渡すことができた。

「わぁ！」

夜中に獣人の国に着いてからずっと王宮にいたセレスにとって、初めて見る異国の風景。気持ちの良い風が吹いてきてセレスは目を細めた。

「良い場所でしょー。本当はここに連れてきて気分転換してもらいたかったんだけどねー……うちの妹が申し訳ない」

頭を下げたキースに、セレスはベッラのことを尋ねた。

「ベッラ様は、キース様の妹さんなんですね」

「そう。腹違いのね」

「そうでしたか」

バイエルント国の貴族には側室を持つことが許されているため、腹違いの兄弟がいるというのはセレスにとってはよく聞く話だった。

けれど獣人の国ではそうではないらしい。後ろに控えていた侍女のサラが小さく息をのむ音が聞こえた。当然人より耳の良い獣人のキースにも聞こえているだろう。

それでも気にした様子はなく「有名な話だから」と続けた。

「俺の父親はヒョウの一族の長でさぁ、跡継ぎのために政略結婚で母親と結婚したんだけどねー。俺が生まれた後、幸か不幸か番を見つけちゃったわけ。獣人の国は番至上主義だから、長年父親を支えてきた俺の母親からまだ幼い番に乗り換えても、なんにも文句言われないんだよねー」

「そんな……」

言葉をなくすセレスに、キースは笑って言った。

「俺にはまだ番がいないから分かんないけどさ、おかしな話だよねー。奥さんがいる相手を奪っても、何も言われないんだよ？　俺の知り合いには、既に婚約者がいた自分の番を強引に奪ってくることもできたのに、番が幸せならって身を引いた奴だっているのにさ」

そう言って優しい眼差しでセレスを見つめるキースは、セレスを通して誰か別の人を見ているようだった。

「子供のときはなんでだよーって反発して、一人でこの場所に来て喚き散らしたこともあったなー」

視線を風景に向けて一瞬遠くを見るような顔をしたキースは、そのときのことを思い出しているのだろうか。番という、人間のセレスには分からない本能の結び付きが獣人にはあるのだと、以前ガイアが言っていた。番同士の子供でなかったキースは、後から現れた父親の番のことで今まで苦労してきたのかもしれない。

番について知らないことの多いセレスには、キースにかける言葉が見つからなかった。

キースの父親は結婚した後に番を見つけたのだという。それなら、同じく獣人であるローファンはどうなのだろう？　ローファンからのプロポーズを受けたときにはそこまで考えが及ばなかったけれど、ローファンにもいずれ番が見つかる可能性があるのだろうか……？

思わず考え込むセレスに、キースは言葉を続ける。

「だから父親と番との間に生まれたベッラとは、あんまり仲が良くないんだよねー。我が儘放題で育っちゃったから性格が悪くて高飛車で……さっきもセレスちゃんに酷いことを言ってしまって、本当に申し訳ない！」

キースはセレスに向かい合うと、勢い良く頭を下げる。セレスは慌てて頭を上げるよう伝えた。

「わ、私なら大丈夫です！　もう気にしていませんし、それに……何をおっしゃっているのかよく分からない部分もあったので……」

「……ベッラはもう結婚してて、本当ならここから遠く離れた鳥族の領地にいるはずだったんだけどね……もうベッラがセレスちゃんに会うことはないから安心して」

ニッコリ笑ってセレスにそう言うと、それ以上キースが妹のことを話題に出すことはなかった。

第六章

竜王ローファンは、セレスに伝えなければならないことがあった。

それは――セレスがローファンにとって、たった一人の番(つがい)であること。

ずっとずっと愛おしく思っていながら、側にいられなかったこと。

誠心誠意言葉を尽くしてセレスに伝え、その上で愛を乞(こ)おうと思っていた。

それなのに……

セレスを獣人の国に迎え入れてから、二人の時間が一向に取れずローファンは苛立(いらだ)っていた。それもこれも、この短期間に予期せぬ問題が二つも発生したせいだと、ローファンは眉間にしわを寄せる。

一つは、発掘した素材を巡るトカゲとオオカミの問題。

そしてもう一つは、バイエルント国の国王が誘拐された問題……

ゼフとのやり取りを終え、再びセレスのところへ行こうとしていたローファンのもとに届いた、思いもよらない報告。

ありもしない財宝を求めて神殿に向かっていた国王は、アーガスト家の自警団員が捕らえ、王宮に連れ戻す手筈だった。それが国王を王都へ連行する途中、何者かの襲撃に遭い、国王が連れ去られたのだという。国王を連行していた自警団員たちは命に別状はなく、襲撃を受けたのは国王を連れていた者たちだけだと報告を受けていた。

「――それで？」

獣人の王の執務室で、ローファンはシルヴァに説明を求めた。

「現時点で、国王はまだ見つかっておりません。連れ去った人物からの連絡もありません。国王を連行していた自警団員によりますと、襲ってきた者たちには獣の耳と尾があったようです。――特徴からして、オオカミの獣人かと」

「オオカミの？」

予想外の言葉にローファンは声を上げる。考えるように頬に手をあてると、「だが……」とシルヴァに反論した。

「奴らには人間の大陸に行くための足がない。人間との平和協定を守るため、海での移動は厳しく管理している。オオカミが船を出そうとしたらすぐにバレるだろう」

「ええ。そこはまだ何も分かっておりません。ただ、何か仕掛けてきてもおかしくない一族ではあります」

考え込むローファンを見ながらシルヴァが続ける。

「気になるのは、オオカミたちが自分たちの獣の特徴を隠していなかったことです。話では、特に隠す様子もなく、姿を見られたからといって皆殺しにするようなこともなかったと」

「何か思惑があるのは間違いないだろうな。まずはオオカミを探って国王の行方を追う。……ゼフの件といい、奴らとは随分因縁があるようだ」

そう言ってローファンは難しい顔をした。

二つの問題のどちらにもオオカミの一族が絡んでいるようだ。ローファンは竜王として表立って動く一方で、裏でも自分の手の者たちに内々で調べさせていた。どうもオオカミの領地に国王がいることは間違いないようだが、どうやって攫ってくることができたのか、その方法はいまだ分からずにいる。

セレスとは庭園で話をして以来一度も会えておらず、ローファンの苛立ちはピークに達していた。

基本的に獣人は番に関して我慢ができない。セレスがすぐ近くにいるのに何故側にいられないのかと、普段は悠然としたローファンが思い詰めた険しい顔になるほどだった。

「……シルヴァ。セレスは今、キースとヒョウの一族の領地に行っているのだろう？　帰ってきたらセレスのもとへ行ってくる」

「ハイハイ。そうしてください」

ローファンの宣言に、ローファンに次いで忙しくしているシルヴァが呆れたように言う。

「まだセレス様には、番（つがい）についても彼女の血筋についても話していないのでしょう？」

「……ああ」

珍しく肩を落とすローファンに、やれやれとシルヴァは首を横に振った。

「国内外に発表する前にきちんとご説明くださいね」

「分かっている」

そんなやり取りをしている中、執務室の扉をノックする音が聞こえた。ローファンが許可を出すと、キースが神妙な顔で入ってくる。部屋の中にいるのがローファンとシルヴァだけであることを確認したキースは、勢い良く頭を下げた。

「ローファン申し訳ない！」

何事かとキースを見ると、キースにいつもの飄々（ひょうひょう）とした様子はなく、深刻な顔をして立っていた。

「今日セレスちゃんを俺んとこの領地に連れていったんだけど、そのときセレスちゃんが妹と遭遇した」

「ベッラ嬢と？」

その言葉にローファンはピクリと眉を動かす。

「ですが、彼女は鳥族の長老のところに嫁いだのではなかったのですか？」

「それが……気分転換に里帰りをしているんだ、って……」

言葉に詰まるキースに、シルヴァが溜息をついた。

「貴方に言っても仕方ないことだとは思いますが、こんなことが起こらないために彼女を鳥族に押し付けたんですがね」

「……俺がちゃんと確認せずにセレスちゃんを連れ出したのは軽率な行動だった。申し訳ない」

肩を落として項垂れたキースは、それでも報告しなければならないと顔を上げてローファンに向かって言った。

「そのとき、ベッラがセレスちゃんに『半端者』だって言ってけなしたんだ」

ローファンの表情がどんどん厳しいものになっていく。

「セレスちゃんは何を言われてるのか分からなかったみたいだけど」

「人間には馴染みのない言葉でしょうからね」

シルヴァはそう言うとローファンに向かって進言した。

「セレス様のことを正式に公表しないと、いずれ同じように言い出す者が出てくるでしょうね」

「分かっている」

そのためには、セレスに事前に説明する必要があることも。

「ベッラ嬢はそれ以外に何かセレスに言ったか？」

「あとは……ローファンに媚びを売ったんじゃないかとか、同情を引いたんじゃないかとか……セレスちゃんに詰め寄ってた。途中で止めたんだけど、彼女を怖がらせてしまったと思う」

「どういうことだ？」

キースの言葉にローファンは眉をひそめた。

「どうしてセレスを見て俺の名前が出てくるんだ？　ベッラ嬢はセレスが俺の妻になることは知らないはずだろう。まだ公表していないのだから」

「ん？　……それも、そうだな……」

「どういうことですか？」

先ほどのやり取りを思い出すようにキースは眉根を寄せて口を開いた。

「……ベッラは、セレスちゃんのことを、ローファンと人間の大陸から来た女だと言っていた。その通りだからそのときは気にしなかったけど、確かにその情報をベッラが知っていること自体がおかしいんだ」

その言葉を聞いてローファンとシルヴァは顔を見合わせる。二人とも、同じことを考えているようだった。

「ベッラ嬢は鳥族に嫁いだ。ずっとオオカミの奴らがどうやって海を渡ったのか疑問だったが、ここで繋がるかもしれないな」

「ベッラと鳥族を調べさせます」

ローファンとシルヴァから、妹が国王誘拐に加担していると暗に言われて、キースは顔を青くする。

「で、でも、なんでベッラがオオカミに協力するんだ⁉」

「それはまだ分からないが、調べてみる必要はある」

ローファンは厳しい口調で告げると、額に手をあてて溜息をついた。

「……俺はこれから鳥族のところへ行ってくる。俺が獣化して行った方が早いだろう。……セレスとの時間は明日、必ず作る……！」

ローファンは、王宮内の庭園でセレスと二人きりで過ごした時間を思い出す。

セレスには、『番』というローファンとセレスを結ぶ本能的な繋がりが分からない。

それでも、少しずつ自分を意識してくれているのを感じる。初めて彼女の手に触れたとき、頬を赤く染めて恥じらうセレスの姿はとても可愛らしかった。

ローファンの可愛い番。

たった一人の大切な存在なのだと、早く伝えたい……

セレスと過ごした甘い時間を頭から無理矢理追いやって、ローファンはやるべきことのために顔を上げた。


オオカミが統治する土地に立つ、一軒の豪華な屋敷。その地下牢にバイエルント国の国王が捕らえられていた。

もともと着ていた豪奢な衣服は剥ぎ取られ、下着だけを残し、後ろ手に魔力封じの手錠をかけられたその姿は一国の王にはとても見えない。大きく張り出た腹と口まわりの髭だけは立派だが、それ以外は威厳もオーラもなく、ただの中年男性にしか見えなかった。

オオカミの獣人を統べるジャアもそう思ったのだろう。牢の前に立つと眉をひそめ「本当にコレが国王なのか？」と側近に尋ねた。

「その通りでございます。この者が王宮から出てきたこと、そして襲撃の際に王と呼ばれていたことを、我々の手の者がしっかり確認しております」

「ふーん。まぁ、本人に聞けば分かるか」

そう言うとジャアは見張りに命じて水をかけさせた。

「ぎゃっ！」と悲鳴が上がり、目の前の中年男性が恐怖に震える。

ジャアの見た目は国王にとって凶悪なものだった。鍛え抜かれた立派な体躯に、鋭い目。頬に残る古い切り傷。圧倒的な力でオオカミの長になった男を前に、王は何も言うことができない。

そもそも王は、自分の身に何が起きているのか今一つ分かっていなかった。神殿に行く途中で突然自警団によって拘束され、何も説明がないまま元来た道を戻っているところで、今度は獣人から襲撃を受けた。

これから何をされるのかとガタガタ震える王に、ジャアはますます不審に思ったようだった。

「オイ！」

「ひぃッ！」

ジャアが牢の鉄格子を蹴り上げる。ガシャアンと激しい音が鳴り、王は顔を隠すようにうずくまった。

「お前、本当にバイエルント国の王なのか⁉ そこら辺にいるただのオッサンじゃねぇのか⁉」

「ひぃぃぃ！」

どう返事をするのが正解なのか判断に困り、何も言えずにいる王に、ジャアは苛立ちを隠さず低い声を出した。

「もしお前が王でないのなら、すぐに殺してやる」

「私がバイエルント国の国王です‼」

手を上げげんばかりの勢いに側近は呆れたが、ジャアは気にせず質問を続ける。

「お前が、バイエルント国で、一番偉い男なんだよな？」

「も、もちろんだ！ 私は王であるぞ⁉ 私以上に地位が高い者などいるはずがない！」

話しながら本来の自分の地位を思い出したのか、顎を突き出し、胸を張って威張る王の格好はほぼ全裸だった。先ほど水をかけられたせいで、最近薄毛が気になりだした頭から地肌がうっすらと透けて見える。

「バイエルント国という大国の王にこのような仕打ちをして、いいと思っているのか……！」

目の前にいる凶暴な面の男が、うんうんと頷(うなず)きながら話を聞いているのをチラッと確認して王は続けた。

「王であるこの私がいなければ国は大きく傾いてしまう！　それに……私がいないことを国中の者たちが心配しているはずだ！　ど、どうか解放してもらえないか？」

懇願する王に、ジャアは「それは竜王次第だ」と言ってニヤリと笑った。

トカゲの一族がオオカミの領地で採れた素材を素直に渡さないせいで、ジャアはずっとムシャクシャしていた。

トカゲとの交渉は一向に進展していない。トカゲの長(おさ)のゼフが、身内というコネを使って竜王に泣きつくのは目に見えている。竜王に介入されて、トカゲの奴らにいいようにされるのは気に食わなかった。なんとかして交渉の材料を得ようと竜王の周囲を探ったところ、どうも竜王は人間の大陸に入り浸っているのだという。

竜王が懇意にしている国の国王を捕えればヤツの弱みを握れるはずだと計画して、結果ジャアの思惑(おもわく)通りになった。あとはバイエルント国の王を人質に、こちらに有利なように話を進めるだけ。

満足げに頷(うなず)いて、ジャアは上機嫌でその場を後にした。

一方、キースと共に外出から戻ったセレスは、そのあとの時間を一人で過ごすと、就寝の準備を整えベッドに横たわった。

仕事が忙しいと聞いていた通り、今日もローファンがやってくることはなかった。

これで丸二日会っていないことになる。ローファンの訪れを心待ちにしている自分に気付き、一人になった部屋でセレスは溜息をついた。今までクリストファーが婚約者だったときは会うこと自体苦痛に思っていたのに、一体どうしてしまったのだろうか。

――早くローファン様に会いたい。

でも、そんなことを言ったら、忙しい彼の迷惑になってしまうだろう。それでなくても、何故ローファンが自分に求婚してくれたのか分からないというのに。

見た目も権力も才能も、何もかも手に入れている男。

そんな人が、何故自分を……ローファンのプロポーズを受けてから彼の優しさに浸ってすっかり忘れていたけれど、ふと我に返ると自分にはあまりにもできすぎた話ではないだろうか。

思い悩むセレスに、今日聞いた言葉が頭の中をよぎっていく。

『番（つがい）』『同情』『乗り換え』

ベッラは言っていた。セレスが媚びを売ってローファンの同情を引いたんじゃないか、と。

媚びを売ったつもりはないけれど、ローファンがセレスの境遇に同情したのではないかとは思っていた。そして、キースの父は番を見つけたことで、自分の子を産んだ妻から番に乗り換えたのだという。

ローファンの番について話を聞いたことはないけれど、いつかローファンも番を見つけたら、セレスから番に乗り換えてしまうのだろうか……

一人でいると悪い方向に思考が働いてしまいそうで、セレスはきつく目を閉じた。

早く、ローファンに会いたい。会って話がしたかった。

翌朝、セレスは朝食を取ると、シルヴァから入室の許可をもらった王宮内の書庫へ向かった。

書庫に行くのは本を読むためではない。ローファンに会いたいと思いつつも言い出せないでいるセレスは、寂しさを紛らわせるためローファンの姿絵を探そうとしていた。

セレスの生家では、今までに描かせた姿絵を書庫に保管している。もしかしたら、書庫に行けばローファンの幼い頃の姿絵が見られるかもしれないと期待しての行動だった。

侍女のサラに連れていってもらい書庫に着くと、サラは「私は扉の前で待機しておりますので、どうぞごゆっくりなさってください」とセレスが一人になれるよう気遣ってくれた。

書庫に来たのは『ローファンの姿絵を探す』という少し恥ずかしい目的であったため、サラの厚意を有り難く受け取ってセレスは一人中に入る。

「わぁ……！　広い！」

綺麗に整理されたその部屋には何列も本棚が並び、横幅も奥行もかなりの広さがある。これは目的のものを探すのは難しいかもしれない。そう思いながらセレスはゆっくりと本棚を見て回る。

獣人の国の歴史、文化、教育、それに人間の国に関する本もある。時折、花の育て方といった趣味の本が並ぶ棚が出てきて、セレスは面白く思いながら足を進めた。

ローファンのプロポーズを受けたということは、いずれ彼の妻……獣人の国の王妃となる。

――責任のある、高い地位……

今はまだお客様という状態だけれど、今後に向けて勉強したいとローファンに申し出てみようか。

そんなことを考えながら進んでいくと、棚の一角に、大きな額縁が立てかけられた状態で大量に保管されている場所を見つけた。

「あった！」

セレスは駆け寄ると、ゆっくりと額縁を動かして手前に置かれたものを見る。するとかなり古さを感じるものであったため、取り出してから見ることにした。スペースを広げて額縁を抜き取ると、今の見た目と変わらないローファンの姿絵があった。

「うわぁ……」

探していたものが見つかり、セレスは目を輝かせる。ローファンが即位したときのものだろうか。王冠に金の縁取りがなされた赤いマント、輝くステッキを持ったローファンの姿絵にセレスは思わず見入る。

「……かっこいい……」

無意識のうちに思っていたことが口から出てしまって、顔を赤くしたセレスはきょろきょろと周囲を見回し誰もいないことを確認した。

気を取り直して次の額縁を手に取る。次は家族の姿絵だった。真ん中でにこやかな笑みを浮かべているのはローファンだろう。父と母に挟まれて幼い男の子が笑顔を見せていた。

その次は、先ほど描かれていたローファンの父が即位したときのもの。ローファンの姿絵は二枚だけしか見つけられなかったけれど、セレスは自分が知らないローファンを感じられて嬉しくなった。

取り出した姿絵を丁寧に戻す。あとは何か読み物を持ち出そうかとセレスが視線を彷徨わせたとき、額縁が並べられた棚の一番奥に、何やら箱が置かれていることに気付いた。

額縁が入っていてもおかしくないくらい大きな黒い箱。隅に隠すように置かれたソレにセレスは興味を引かれて、重たいその箱をゆっくりと引き抜く。何が入っているのだろうかとドキドキしながらセレスは蓋を開けた。

その中に入っていたのは、数冊の本と、一つの額縁。額縁に描かれた人物の顔を見て、セレスは驚いて目を見開いた。

——私は、この人を知っている……

見間違えるはずがない。だってアーガスト家の屋敷の中で、一番目立つところに飾られたこの人の絵を、セレスは生まれてからずっと見続けてきたのだから。

——アーガスト家初代当主の姿絵が、何故こんなところにあるのかしら……？

セレスが書庫から出て部屋に戻る途中、こちらに向かってくるローファンに会った。

「良かった。セレスのところに行こうとしていたんだ」

にこやかに近付いてきたローファンに、セレスは何か言おうと口を開いて、結局何も言えずに視線を落とす。

一方、ローファンはセレスの様子がおかしいことに気付き、そして彼女が持つ本を見てわずかに目を見開いた。顔を上げてセレスを見つめると、穏やかな顔で微笑む。

「……話をしようか」

黙って頷く(うなず)セレスをエスコートして、庭園へと連れていった。

侍女を部屋に戻し、二人で庭園の奥にあるブランコに座る。そこは木陰になっていて二人の間を心地の良い風が通り抜けた。

よく手入れされた美しい花々。風にそよぐ木々。

心穏やかな空間がセレスの口を開かせたのか、ローファンに会ってからずっと黙っていたセレスがぽつりと呟いた。

「……私の先祖は、竜の獣人だったのですね」

そう言って膝の上に置いた本をそっと撫でる。

「……ああ。俺の祖父の弟君が、アーガスト家の初代当主にあたる」

セレスの言葉を肯定したローファンは庭園を見つめながら言った。

「獣人なら知っていることだが、氷魔法は竜族特有のものだ。アーガスト家の家系魔法は、竜の血を引いている証でもある。……俺には、祖父との記憶はない。ただ、祖父の後に王を継いだ父が大変な苦労をしていたことだけは分かる。祖父は、愚かな男だった」

ローファンの記憶にあるのは、母が亡くなった後も身を粉にして働く父の姿。

魂の片割れともいわれる番が亡くなると、獣人はその悲しみに耐えきれず自ら死を選ぶ者が多い。そんな中、父は祖父が犯した過ちを正そうと、番である母が亡くなった後もずっと働き続けていた。

「祖父は、当時宰相の地位に就いていた男の言いなりだった。悪行を挙げればキリがないが、特に酷いのが今までずっと不干渉だった人間の国に手を出したことだ。獣人の個体数を増やせばもっと国が豊かになるとそそのかされて、人間を攫って子を生ませ、結果失敗した」

「失敗、ですか？」

「獣人と人間との間にできた子供は、一般的な獣人とは異なるつくりだった。バイエルント国の王子がその例だろう」

「あ……」

確かに、クリストファーは獣化もできなければ獣の特徴も出ていない。

実は人間ではなく狐の獣人だった王妃の魔術によってクリストファーの姿は変えられていたけれど、それが解けた後も狐の特徴は出ていなかった。

「番じゃないと駄目なんだ。番同士でなければ生まれてくる子はもう獣人にはなり得ない。一度人間の血が混ざると、獣人の個体数を増やすために人間を攫ってきたのに、子供が獣人でなければ意味がない……そんな獣人になりきれなかった者たちを『半端者』と呼んで迫害してきた過去がある。政策が変わり、人間と平和協定を結んで今でこそ考えが変わってきているが、一部の獣人にはいまだ根強い偏見が残ってしまっている」

キースの妹ベッラがセレスのことを『半端者』と言ったとき、護衛の人たちが過剰な反応をした理由がようやく分かった。差別用語を口にしたベッラは、セレスに危害を加える恐れがあると見なされたのだろう。つまり獣人と人間の血を引くセレスのような者は、獣人の国では差別の対象だということになる。

――それなら、ローファン様はどうして私に求婚してくれたのだろう……？

今の話が本当ならば、もしセレスとローファンの間に子供が生まれても、その子は竜の獣人にはなれない。番でないセレスでは、ローファンに跡継ぎとなる子供を与えてあげられない。

それなのに何故……？

困惑するセレスに対して、ローファンは優しく告げた。

「祖父の弟君は何度も祖父に進言したそうだ。こんな愚かなことはやめるよう、兄の良心を信じて何度も。それを煩わしく思った祖父と宰相によって、弟君は獣人の国から追放された。そのときバイエルント国の当時の王に拾ってもらい、アーガスト家の今の地位を得たと聞いている。貴方の先祖は正しい考えの持ち主だったようだ」

セレスの先祖を称賛するローファンの言葉に、セレスは顔を上げて隣に座る彼を見た。

もしかしたら……ローファンは、自分の祖父が犯した罪に責任を感じているのかもしれない。

祖父が弟を追放し、人間の国に追いやったこともその一つ。既に亡くなった者を助けることはできないけれど、その償いを血族であるセレスにしようとしているのだろうか。

セレスは、魔法学園でローファンから言われた言葉を思い出す。

ローファンは辛い境遇にいたセレスを救いたいと言っていた。助けさせてほしいとも。

それは、竜王としての彼の強い責任感から出た、償いの言葉だったのではないだろうか……？

そう考えれば納得できる。でも、それと同時に胸が酷く痛んだ。

助けたいという言葉は、セレスの身を案じてくれたからこそ出たのだろう。

けれど、ローファンに好意を抱くようになったセレスにとって、その優しさは酷だった。

……きっとあのとき、誕生パーティーで、皆の前で愛していると言ったのは周囲を納得させるための虚言だったのだろう。ローファンから愛される要素も求められる要素も思い浮かばないセレスにとって、悲しいことにそう考えた方が自然だった。

もちろん、ローファンに助けてもらった事実は変わらない。

それに、ローファンはきっと、セレスのことを幸せにしようと努力してくれるだろう。

それなのに……

――本当は、ローファン様は私のことなど愛していない。

たったそれだけのこと、なのに……

どうしてこんなにも胸が苦しいのだろうか。

どうしてこんなにも、感情を抑えることができないのだろうか。

「ローファン様……」

話しかけようとして、名前を呼ぶだけでみっともなく声が震えてしまってダメだった。

胸の奥から熱い感情が込み上げてくる。涙が零れてしまいそうで、でもどうしても泣いた顔を見せたくなくて、セレスはローファンに抱き付いた。

「せ、セレス⁉」

頭上からローファンの焦った声が聞こえる。好きでもない女からこんなことをされて戸惑っているのかもしれない。申し訳ないと思いつつ、セレスは言葉を止められなかった。

「好きです……」

たとえ、貴方の気持ちが私のものと違っていても。

「ローファン様が、好きです」

あのとき感じた優しさに、真剣な眼差しに、心を動かされてしまったから。

気持ちが溢れてきて、止められなかった。

ローファンのことが好きで、好きで、――だからこそ報われない思いが悲しくて。

セレスはローファンの胸に顔を埋めながら密かに涙した。

「――セレス……」

熱を帯びた声が頭上から聞こえ、次の瞬間、セレスは強く抱き締められた。

ローファンの男らしく逞しい腕が逃がさないというようにセレスを捕らえる。

「ああ、たまらない……」

ゆっくりと体を離し、セレスの頬を両手で包み込むように触れると顔を上に向けさせた。

涙で濡れる頬をそっと拭うと、ローファンは蕩けるような笑みで囁いた。

「大切にする。己の全てを懸けて」

ローファンから醸し出される甘い雰囲気に、セレスは目を見開く。

――それは……一体……？

少しでも好意を持ってもらえているのだと、期待したい。

でも、竜王としての責任感で言っているのならば、期待しても傷付くだけ……

どちらにも取れる発言に戸惑うセレスに、ローファンはセレスの耳元に口を近付けた。

「本当に可愛い、俺の――」

ローファンが何事か囁いたのは分かった。

けれどそれ以上に大きな音がすぐ近くで響いて、セレスは何を言われたのか知ることができなかった。


「――で？　コイツらは一体なんなんだ？」

ローファンの前には拘束されたオオカミの獣人が三人並んでいる。

正座した三人は皆青ざめた顔でガクガクブルブルと震えていた。ただただひたすら目の前に座る竜王が怖い。黒いオーラを纏ったローファンは圧倒的な威圧感を放っている。

足を組んで頬杖をつくその姿からは苛立っているのがひしひしと伝わってきて、オオカミの獣人たちは「俺、死んだ……」と遠い目をした。

「彼らは王宮に向けて岩を投げて攻撃してきました。岩は王宮を覆うシールドにぶつかったため損害はありません」

「岩……？」

攻撃を仕掛けるにはあまりにも原始的な武器に、ローファンが不快そうに眉をひそめる。

横に控えるシルヴァが呆れたように続けて言った。

「オオカミは身体能力が高いので、シールドがなければ岩でもそれなりの被害はあるでしょうが……彼らは一人一つ投げた後は大人しく捕まっています」

シルヴァが促すように視線を向けると、オオカミたちは一斉にしゃべりだした。

「我が一族の長が竜王と交渉したいと申しております！」

「オオカミの本気度を示すために王宮を攻撃しろと長に命じられて……俺たちはやむなく……」

「アイツ、自分の力に自信があるからって好き勝手やってるんだ！　皆アイツが怖くて誰も逆らえなくて……！」

そして三人は地面に頭を擦り付けながら全力で懇願した。

「お願いします助けてくださいいいいい‼」

竜王側の面々は呆れた様子で彼らを見る。ローファンは目を細めて彼らを一瞥すると、もういいとばかりに手を振って「捕らえておけ」と指示した。

「どうするんだ？」

ライオンの獣人ガイアがローファンに問いかける。

「もちろんオオカミとの交渉の場に向かう。——これ以上邪魔されてたまるか」

先ほどのセレスとの会話は、オオカミからの攻撃によってうやむやになってしまった。番（つがい）との大切な時間を邪魔されたローファンは、苛立（いらだ）ちを隠すことなくセレスには決して見せない凶悪な表情を浮かべると、シルヴァに指示を出す。そしてオオカミからの要求通り、その日のうちに、ローファンは一個隊を率いてオオカミの領地に向かった。

——全て、自分の思惑（おもわく）通りに事が進んでいる。少なくともローファンと対峙するまでは、ジャアはそう考え喜んでいた。

ジャアは自分の力に絶対的な自信があった。腕一つでここまでのし上がってきたという自負。そして自分は頂点に君臨する器であると信じている。上に立つためには非情さが必要だと思っているジャアは、抵抗する者がいればその者だけでなくその家族まで痛め付けて、二度と反抗する気が起きないよう徹底的に叩きのめしてきた。

オオカミの凶暴性を煮詰めたような男、それがジャアだ。

ジャアは下っ端を脅して王宮を攻撃させると、竜王を交渉の場であるオオカミの領地まで呼び出すことに成功した。

破壊されたであろう王宮も、捕らえられた下っ端も、ジャアの知ったことではない。想定していた通りの結果に喜んだのも束の間、ジャアは早くも不機嫌だった。

それは、前方で悠然と佇む竜王のせい。

オオカミの領地までは一個隊率いてきたようだが、それらは遠くで待機させ、今ジャアの前にいるのは竜王と側近の二人だけ。自分たちは一族総出で交渉の場に立っているというのに、竜王はたった二人連れただけで、しかもそのうちの一人は非戦闘員のウサギの獣人という有りさま。

まるで、お前など敵ではないと言わんばかりの状況に、竜王が自分を軽んじているように感じてジャアはギリギリと歯を噛みしめた。

苛立ちを露わにする長に、周囲のオオカミたちはいつ八つ当たりされるかと怯えている。

そんなジャアの胸の内など一切気にせず、ローファンはシルヴァを促し交渉とやらを始めさせた。

「貴方がたの一族の者から、獣人の王と交渉したいと申し出がありました。それは本当ですか？」

「……アァ、そうだ」

ジャアはゆらりと一歩前に出ると、後ろを向いて拘束した人間の王を見せつけた。

「お前もよく知っているように、この男はバイエルント国の国王だ！　この男を返してほしければ俺たちの言うことを聞くんだな！」

側近が王を縛る縄を引くと、国王は「ぐぇっ！」と声を上げた。

「りゅ、竜王よ！　どうか、私を助けてくれ……っ！」

そう言って哀れな声を出す王は、パンツだけを穿いた情けない状態で縛られていた。

「貴方がたの要求はなんですか？」

「オオカミだけの国が欲しい！」

ジャアはニヤリと笑うと、竜王に強い眼差しを向けながら自らの望みを告げた。

「俺が一族の頂点に立ったとしても、獣人の国にいる限りずっと格下のままだ。トカゲの奴らから素材を全て奪ったとしてもそれは変わらない。俺はそんな地位じゃ満足できねぇ！　俺が王になるために、国を興すんだ!!」

「なるほど。貴方がたは主権を求めるということですね」

「……しゅけん？」

聞き慣れない言葉にジャアは首をひねる。振り向いて側近を見ると、彼は「大丈夫です！　こちらの意図は伝わりました！」と口に手をあてて言った。

「……ということですが、いかがいたしましょうか」

シルヴァがローファンを見る。ローファンは無表情のままジャアに向かって声をかけた。

「バイエルント国の王を攫ってきたのはお前たちなのか？」

「ああ！　そうだ！」

ジャアは自分の偉業を見せつけるかのように胸を張って言う。

「鳥族と手を組んで王を捕らえさせた。鉱山の件でトカゲの野郎がお前に泣きつくのは分かっていたからな。お前の弱みを握ろうと鳥族の奴らに探らせたら、随分と人間どもを気にかけているみたいじゃねぇか。だからその中でも一番偉いヤツを攫ってやったんだ！　全て俺の計画通りに進んだぜ。この、俺のな!!」

「そうか」

ジャアから言質を取ると、ローファンは軽く右手を前に出した。

「特例を除き、人間を攫うのは重罪だ。法に則りお前たちに罰を与える」

次の瞬間、ローファンの髪がはためき、ゴウッと魔力が膨れ上がった。

――な、なんだ？　なんなんだ⁉

竜王の出した氷のゴーレムに頬を殴られて、ジャアは一瞬意識が飛んだ。すぐに持ち直すと強烈なパンチを繰り出すが、強烈だと思っているのはジャアだけでゴーレムはビクともしない。

ゴーレムの相手をさせられるだけで、竜王に近付くことすらできない。ジャアがゴーレムの首に蹴りを入れた次の瞬間、足を掴まれて地面に叩き付けられた。

「……ッ！」

無様な声を出すのはなんとか耐えたものの、体は悲鳴を上げている。自分はこんなにも苦戦しているというのに、竜王は呑気に側近と話しているし、自分以外の者はというと竜王の魔法で首から下を氷漬けにされて動けないでいた。

――こんなはずじゃなかった……

俺は王となる男……頂点に君臨する器の持ち主なのに……

「お前たちオオカミは少ない魔力を身体能力の強化に使うだけで、他愛ないな」

竜王の呟きにジャアはカッとなった。

「うるせぇえええ！」

ジャアは両手を上に掲げ、自分の持つ全ての魔力を炎に変えて竜王に叩き付けた。

「これでも食らえ‼」

メラメラと燃え盛る炎の塊がローファンを襲う。

「こんなこともできるのか」

ほう、と感心したローファンは、ジャアの攻撃に対して右手を軽く振るとさらに大きい氷の塊をぶつけた。

「……だが、魔力の密度が違う」

ジャアが最大級の魔力を込めて作った炎はローファンの氷に当たった瞬間、ロウソクの火が消えるかのごとく呆気なく消えた。氷の塊はその勢いのままジャアの頭にぶつかる。シールドを張る余力もなく、ジャアは地面にのめり込むようにして倒れた。

「ガッ！　ハッ……！」

頭が割れるように痛い。追い打ちをかけるように氷のゴーレムに押し潰され、「ぐえっ！」とカエルが潰れるような声が出た。

「決着がついたようだな」

ライオンの獣人ガイアの言葉を受けて、ローファンはオオカミたちに視線を向ける。

自分たちの長があっけなくやられるさまを見て、彼らは皆一様に体を震えさせた。

「先ほど、オオカミだけの国が欲しいと言っていたな」

ローファンは一人一人の顔を見ながら言う。

「主権を認めても構わない。ただ、そのときは竜王の庇護からも外れるということ。――それでも、いいのか？」

屈強な体のオオカミたちが、涙目になってふるふると首を横に振る。

皆が思っていることを側近が代表して竜王に告げた。

「よくないですー！　もっ、申し訳ございませんでしたーー!!」

オオカミたちが一斉に頭を下げるさまを無表情で眺めたローファンは、ゴーレムに拘束されているジャアに近付き見下ろした。

「なっ、なんだよ！」

「主犯のお前には、特に罰を与えなければならない」

「はん！　どんな罰を受けようが俺は屈しないぞ!?」

「そうだな。お前は生気に満ち溢れ、俺が思っていた以上に魔力を持っているようだ」

ローファンはジャアの瞳を見つめる。

「お前にぴったりの刑を思い付いた。覚悟しておけ」

そう言ってフッと笑ったローファンに、ジャアは思わず見惚れた。悔しいけれど、自分よりもはるかに強い男。そんな男が、ジャアの能力を認めるような発言をした。

——もしかして、俺を竜王の直属の部下にするつもりか⁉

そう思い至ったジャアは、驚いて、けれど満更でもないと思っている自分に気付いた。自分が誰かの下に付くなんて考えたこともなかったけれど、この男の下であればそれもいいかもしれない。竜王の手となり足となり、そして評価される。

そんな未来もアリじゃないかとジャアは心弾ませた。

けれどその期待は、他ならぬローファンによってあっけなく打ち砕かれることとなる。

「お前が手下を差し向けて壊そうとした王宮には、シールドが張られてある。そのシールドは、お前のような咎人の魔力によって保持されているんだ」

ジャアは何を言われているのか分からなくて、じっとローファンを見る。

「咎人は牢の中で、何もしなくていい。牢の中で、自害を防止し魔力を吸い取る手錠を付けて生き続ける。ただ、それだけ」

「何が言いたいんだ？ ……ま、まさか！ お前っ！ もしかして、それを俺にしようっていうのか⁉」

「ああ、そうだ。王宮の警備を強化しようとしていたから、ちょうどいい。罰と言っても、痛い思いをすることもない。狭い牢だが最低限の衣食住は保障される。そんな中、何もすることなく死ぬまで魔力を吸い取られ続けるんだ。血の気の多いお前には一番辛い罰だろうな」

ローファンの言葉にジャアはこれからの自分を想像して、ゾッとした。

「……うそだろ……。そんな……そんな罰ってなんだよ……この、俺が……？　何もしないで、ただ生き続けるだけ？」

呆然と呟くジャアをガイアに任せ、ローファンは後処理のためその場を離れていく。

「うそだ……うそだ……嘘だあああああ!!」

一瞬頭をよぎった竜王の下で活躍する自分の姿が呆気なく崩れていくのを感じて、ジャアは絶望の声を上げた。

一方、セレスは自身の部屋のバルコニーに出て、物憂げに庭園を眺めていた。

瑞々しく咲き誇る綺麗な花々を見れば落ち着くかと思い、マーサに庭園に行きたいと申し出たものの、襲撃を受けたばかりだからと止められてしまった。その代わりにバルコニーから庭園を見下ろしている。

セレスはつい先ほどの出来事を思い出す。ローファンへの思いを自覚して、思わず本人に告げてしまった。

（迷惑、だったかしら……）

竜王としての責任感でセレスとの結婚を決めたのであれば、セレスの気持ちはローファンを困らせただけだろう。

けれど、セレスを抱き締めてくれたローファンの腕は強く、心が締め付けられるくらい温かかった。思わずセレスが期待してしまうほど。

ローファンはあのとき、確かにセレスに向かって何か言っていた。けれどそれは大きな音にかき消され、結局何も分からないまま。何者かから襲撃を受けたようで、どう思っているのか確認する間もなく、ローファンは軍を率いて出ていってしまった。

セレスは小さく溜息をつく。

もし、ローファンのことを思うなら、セレスは身を引いた方がいいのだろう。

番でなく、人間の血が入ったセレスでは、ローファンに跡継ぎは与えてあげられない。それに、寿命の差だってある。ローファンに、先祖のことで責任を感じる必要はないのだと言ってあげるべきなのだ。

――でも……。

セレスは庭園を見る。視線の先に、木製のブランコがある。ぼんやりとそちらを見ながら、セレスはかつて夢で見た、幸せそうに寄り添う二人の姿を思い返していた。

眩しいものを見るように目を細めたセレスは、ふと、視線の端に上空を飛ぶ黒い影を捉えた。

「……?」

バサッバサッと羽の音を立てて、黒い影が近付いてくる。それが見たこともないくらい大きな鳥であり、鳥の上に人が乗っているようだと気付いたときには、外からもざわめきが聞こえ始めた。

「ベッラ様?」

どうしてベッラが鳥に乗ってこちらに向かっているのだろうか。

ベッラはセレスに気付くと、美しい顔に邪悪な笑みを浮かべた。セレスは嫌な予感がして、急いで部屋に戻りバルコニーと部屋を繋ぐ窓を閉じようとする。

けれど、大きな鳥はスピードを落とさないまま飛び込むようにして入ってきた。風圧に、セレスは身を丸めて後退ると腕で顔を覆い隠す。

「ああ、良かったわ！　アンタをすぐに見つけられて！　オオカミの方に武力を割いているはずだから王宮の警備は薄いと踏んでいたけれど、戦わないに越したことないもの」

鳥の背から飛び降りるようにしてベッラがセレスの前に立つ。異様な状況の中、ベッラは堂々と自信に満ちた様子でセレスに向かい合った。

突然の侵入者に、セレスはいつでも魔法を使えるように身構える。すると異変に気付いた侍女たちが駆け付けてきた。

「セレス様！　どうかなさいましたか⁉」

セレスが侍女に気を取られた一瞬の隙をついて、ものすごいスピードでセレスの後ろに回り込んだヒョウの獣人のベッラは、声を張り上げた。

「アンタたち！　この半端者の命が惜しければ動きを止めなさい！」

そう言ってセレスの首元に突き付けた刃物を、侍女に見せつけるように振り動かす。

「……ッ‼」

「セレス様になんてことを⁉」

セレスを人質に取られてしまい、マーサとサラは足を止めてベッラを見つめることしかできない。二人が悔しげにベッラを睨(にら)む中、大きな鳥はおもむろに人化してベッラを援護するように侍女たちに手のひらを向けた。

セレスは目線を下げてベッラが突き付けている小刀を見る。鋭く光る刀先は偽物のようには見えなかった。

（ベッラ様は本気なんだわ……）

小刀を向けられているものの、セレスはまだ手を拘束されていない。自身の氷魔法を使えば刃物を凍らせることができる。今がチャンスだと、自分でも分かっていた。

（でも……）

もし、刃物だけではなく違うところまで凍らせてしまったら……

もし、失敗してしまったら……

魔法を行使するため、そっと手のひらをベッラに向けたセレスの手が震える。

魔力の発現が遅かったセレスは、魔力を出せるようになってから人一倍魔法の練習をしてきた。その甲斐もあり、今ではそれなりに使いこなせるようになったと思う。

けれど、幼い頃のトラウマからかセレスにはどうしても魔法に対しての劣等感があった。失敗してしまったらという恐れが、セレスの動きを止めさせる。

ベッラに……生きている者に向けて魔法を使う覚悟が、セレスには足りなかった。

「あっ！」

「混血程度に何ができるか分かりませんが、念のため拘束しておきましょう」

魔法の行使を躊躇（ためら）っているうちに、鳥から人化した男に手を取られ、両手を重ね合わせた状態で縛られてしまう。折角のチャンスをふいにしてしまった。

「フフッ、これでもう魔法は使えないわね」

ベッラは妖艶な笑みを口元に浮かべると、マーサとサラに向かって言った。

「いいこと？　私たちがこの半端者を人質に取ってるってこと、忘れないようにね」

そう言って、再び大きな鳥の姿に獣化した男の背にセレスを引っ張って共に乗り上げると、何もできずに立ち尽くす侍女たちを置いて空高く舞い上がった。

獣化した男が羽を大きく動かすと、バサバサと音を立てて王宮から遠く離れていく。

突然の襲来に悲鳴を上げることすらできなかった。

（どうしよう……）

この後、一体どうなってしまうのだろうか。

セレスの首元にはもう刃物は突き付けられていない。けれど、手を拘束され、魔法が使えず、上空を飛んでいる状態では抵抗などしようがない。

不安に襲われて、セレスはぎゅっと目をつぶりローファンの名を呼んだ。

（――ローファン様……！）

「――セレス……？」

セレスに名前を呼ばれた気がして、ローファンは動きを止めた。

周囲を見渡すものの、オオカミたちの姿があるだけでもちろんそこにセレスはいない。

ローファンは険しい顔で一点を見つめると眉根を寄せた。なんだか、妙な胸騒ぎがする。

違和感といえば、ただそれだけ。

それでもローファンがセレスのもとへ駆け付けるのに、その理由だけで十分だった。

「……シルヴァ、あとは任せた」

「どうかしましたか？」

一連の後始末をしていたシルヴァがローファンを見る。

「どうも嫌な予感がする。今からセレスのところに行ってくる」

ローファンは獣化すると、巨大な竜となり、風を巻き起こして王宮へと飛び立った。

セレスが王宮から連れ去られてどれくらい経っただろうか。緊張を強いられる今の状況でセレスは時間の感覚がわからなくなっていた。

休憩のために一度地に降りたベッラと見知らぬ男は、呑気におしゃべりをしている。鳥の背に乗りながら、いくつかの集落の上を通り過ぎるのを見ていたセレスは、ここはどこだろうと周囲を見渡した。けれど、広大な土地には人の姿どころか建物すらうっすらと遠くに見えるだけ。

助けを求めるのは難しいと判断したセレスは、拘束された手元を見た。

（なんとかならないかしら……）

鳥族の男もベッラも、セレスのことを混血だと見下しているようだった。その証拠に魔法が使えないよう縛られたロープは雑に巻き付けられている。セレスはベッラたちにバレないよう、ゆっくりと手を動かして緩めようとした。

「今頃ローファンはジャアと対峙している頃かしら。王宮からの追っ手は撒けたはずよ。ここまで離れればもう匂いで追うこともできないし、番でもない限り見つけられはしないわ」

「でも、侍女たちに顔を見られたぞ。良かったのか？」

「大丈夫よ。ローファンのことはジャアがどうにかしてくれるって言ってたもの。私の代わりにこの女を鳥族の長老に差し出せば、私はローファンと一緒になれるわ！」

興奮したように声を張り上げるベッラは、セレスを見るとニヤァと嫌な笑みを浮かべた。

拘束しているロープは少しずつ緩み始めている。それを悟られないように、セレスはベッラの気を逸らそうと声をかけた。

「どうしてこんなことをなさったのですか？」

「どうしてか、ですって？　そんなの、アンタが目障りだったからに決まってるでしょ。

半端者の分際でローファンの側にいるなんて許せないっ。私は無理矢理結婚させられてローファンに会えないっていうのに！」

　セレスが怯えて声をかけてきていると思ったのだろう。ベッラは自分が上位にいることを実感したのか、気分良さそうに言った。

「アンタはねぇ、これからヨボヨボの意地きたなぁぁい爺さんのお嫁さんになるのよ。半端者にはぴったりな役回りじゃない？　その代わり私は、オオカミが人間を攫う手伝いをした報酬にローファンと一緒になるの！」

「人間を攫う……？」

　ベッラの言葉を聞いて、セレスはキースの話を思い出す。キースは、バイエルント国の国王が何者かに攫われたと言っていた。

「まさか、国王陛下の誘拐に関わっているのですか⁉」

　咎めるようなセレスの口調に、ベッラはムッと顔を歪めた。

「それの何がいけないの？　私はねぇ、ローファンを愛してるの！　愛する人と一緒になるために行動して、一体何が悪いっていうの⁉」

　自分が悪いことをしたという自覚がないベッラは、胸を張り自分の行為を正当化する。愛を語るベッラの美しい顔立ちは爛々と輝いて、全身から自信がみなぎっていた。自分の感情に正直で、愛のために行動するベッラの姿は、自分に自信のないセレスには眩(まぶ)しく映る。

――でも……

「ローファン様は、ベッラ様のしたことを喜んでおられるのですか？」

「何？」

「相手が望んでいないのに自分の愛を押し付けるのはおかしいです」

セレスは、ローファンの気持ちを無視して一緒になりたいとは思わない。

ローファンと愛し愛される関係になりたい。

愛している相手を、先祖の過(あやま)ちなどという義務感で縛り付けたくなかった。

「貴方は間違っています」

セレスは真(ま)っ直(す)ぐにベッラを見つめた。

手の拘束はあと少しでほどける。ただ、魔法を使えたとしても二対一。獣人相手にどこまで自分の魔法が通用するのか分からない。

それでも、どうしても我慢できなくてベッラ相手にセレスは立ち向かおうとしている。

きっとベッラがしでかしたことで、ローファンが迷惑を被(こうむ)っていると知っているからだろう。ベッラは分かっていないようだけれど、ベッラが起こした行為によってローファンは対応に追われ、ずっと忙しそうだった。

「な……な……ッ、なんですって⁉」

格下だと思っている相手からの予期せぬ口答えに、ベッラは眉を吊り上げる。

「私が、間違っている……？　アンタみたいな半端者に、何が分かるのよ！」

ベッラのヒョウの特徴を現した耳と尻尾が怒りのあまり総毛立つ。

「馬鹿なことを言えないように、痛め付ける必要があるかしら……？」

恐ろしい顔で近寄ってくるベッラに、セレスは両手に力を込めてロープを振りほどいた。

「……‼」

思わぬセレスの行動に、ベッラだけでなく鳥族の男も臨戦態勢になる。

「私は、貴方たちにやられるわけにはいきません！」

王宮では覚悟を決められなかった。でも、セレスがいなくなれば、きっとローファンに迷惑をかけてしまうだろう。ローファンのためにも、やられるわけにはいかなかった。

セレスは両手を前に出し、魔力を込める。

「……ッ！　させるか‼」

ベッラと男がセレスを止めようと体を前に傾けたときだった。

「──ゴオオォォォ……!!」

突然、地鳴りのような鳴き声が辺り一面に響き渡り、地面が揺れる。

体勢を崩しながらセレスが前を向くと、遠くの空から一頭の竜がものすごいスピードでこちらに向かってくるのが分かった。

「ローファン……？　なんでここに……」

ベッラが呟く声が聞こえる。

輝くほどに美しい金色の竜は、セレスたちの近くに降り立つと、巨大な翼を広げて威嚇するように鳴き声を上げた。

「ヒッ!!」

鳥族の男がローファンの怒気に怯えて悲鳴を上げる。

ふるりと身を震わせた竜は、次の瞬間人間の姿に変わると、セレスを守るようにベッラの前に出た。

「ローファン！　なんでここが分かったの⁉　それに、ジャアのところに行ったんじゃ……ひぃっ！」

「──これは、一体、どういうことだ……？」

ローファンを見て顔を輝かせたベッラは、ローファンから向けられた禍々しいオーラに体をびくつかせる。

「何故、セレスがこんなところにいるんだ？」

ベッラはローファンの圧に震えながらも、愛する男に笑みを浮かべてみせた。

「私がやったのよ。貴方を縛る、この半端者から解放してあげたくて」

「なんだと？」

「なんで獣人の国に連れてきたのか知らないけど、この女がいなくなればローファンはもっと自由に動けるでしょう？　それに、私の代わりにこの女を鳥族の長老に差し出せば、私も自由になってローファンと一緒に……」

ペラペラと自分の考えをしゃべっていたベッラの言葉が、不自然に止まる。

周りの気温が急激に下がっていくのが分かる。

ローファンの膨大な魔力が冷気となって流れ出て、その場にいる誰もがゾクリと体を震わせた。

「……」

ローファンがおもむろに右手を前に出す。ベッラに向けて伸ばされたその手に、セレスは嫌な予感がして思わず後ろからローファンに抱き付いた。

「ロ、ローファン様!!」

振り向いたローファンの顔をじっと見つめる。

自分は無事であることを伝えると、ローファンの纏う雰囲気が少しだけ和らいだ。

「セレス……」

ローファンの右腕が下がり、代わりにセレスの頬に優しく触れる。

「遅くなってすまない。無事で良かった」

様変わりしたローファンの甘い雰囲気に、ベッラと鳥族の男は唖然とする。

「ご心配をおかけして申し訳ありません。助けてくださってありがとうございます」

ローファンが来たことで肩の力が抜けたセレスは、頬に触れたローファンの大きな手のひらに甘えたように顔を寄せると笑みを浮かべた。

そんなセレスの姿に、ローファンは目を細める。頬にあてた手はそのままに、愛おしげにセレスの頭を撫でた。

「怖かっただろう……もう大丈夫だ。その魔法も解除してしまって構わない」

「あ……ごめんなさい。上手く解除できなくて……」

セレスは慌てて手を上に向け、下におろす。

すると、どこからともなく現れた二つの巨大な氷の塊が、大きな音を立てて地面に突き刺さった。

ベッラと男のいる場所から少し離れたところに落ちたその氷塊は、ずっしりと重たげに深く地面にめり込んでいる。ローファンが来なければ自分たちにこれが当たっていたのだと知った二人は、顔を青くした。

ローファンが魔法で遣いを呼び、セレスと拘束された二人は王宮へと戻った。

その後、オオカミの一族の身に起きたことを聞きつけたのか鳥族の行動は早かった。もしかしたら交渉の行方を遠くで見ていたのかもしれない。先に王宮へ帰ってきていた竜王の一個隊とセレスたちが合流してからしばらくして、鳥族の長が国王誘拐に関わった者たちを連れて王宮にやってきた。

ローファンはセレスを部屋まで送ると、彼らを謁見の間に呼ぶよう側近に指示を出した。

謁見の間に集められた者たちの中には、若い鳥族の男数人にまじってベッラの姿もある。鳥族の長は、竜王の前まで来るとひれ伏して謝罪した。

「この度は私の管理不足でこのようなことになってしまい……本当に申し訳ございません」

竜王の後ろに控えるキースは、覚悟を決めた顔で妹を見つめている。

「元来鳥族の者は穏やかで悪さなどしない、のんびりとした気質なのですが、長老のもとに嫁いだこの娘が、その……様々な方法で鳥族の若い連中をそそのかしたようで……オオカミの悪事に加担してしまっておりました」

鳥族の誰もが顔を青くしている中で、ベッラだけは反抗的な態度を崩さなかった。縛られているにもかかわらず、目鼻立ちのハッキリとした美しい顔をツンと背けて一向に反省していない。

「ベッラ……」

思わずキースが声をかけると、ベッラはキッと兄を睨み付けた。

「私が何をしたというの⁉　私は何も悪いことをしていないわ！」

「人間を攫うのはれっきとした犯罪だ。それに、セレスちゃんのことも」

「あ、あの女のことはともかく……実行に移したのはオオカミとそこにいる彼らでしょう？　私はただ、オオカミの奴らと引き合わせただけよ！」

あくまでも自分は関係ないと言い張るベッラに、今まで黙っていたローファンが口を開いた。

「ベッラ嬢は何が目的でオオカミと彼らを引き合わせた？　ジャアに言われたんだろう、望みを叶えると」

静かに問いかけるローファンのその言葉に、ベッラの瞳に涙が浮かぶ。媚(こ)びを売るように、同情を誘うように、ベッラはローファンを見つめた。

「私が欲しいのはローファン、貴方よ！　ジャアは私に言ったわ。彼の望みを叶えれば、ローファンに私を妻にするよう進言してやるって。もし言うことを聞かなければ力ずくで聞かせてやるって」

「力ずくねぇ……」

ローファンによってあっけなく倒されたジャアの姿を知る側近たちからしたら、苦笑するしかない。

「そんな言葉を信じたのか」

「好きでもない男と結婚させられた私には、その言葉に縋(すが)るしかなかった。だって……ローファンを、愛してるから……!!」

ベッラの涙ながらの訴えにも、ローファンはまったく心を動かされなかった。むしろ嫌悪しか感じない。

あのとき――初めてセレスに好きだと言われたときは、あれほど幸福で満ち溢(あふ)れたというのに。

可愛い可愛いローファンの番(つがい)。

きっと今回のことで怖い思いをしただろう。抱き締めて、もう二度とそんな思いはさせないと誓いたい。そして、番うことを認めてほしい。

「……竜王サマー。妹のベッラが告白してる前で、セレスちゃんのこと考えないでよー」

キースの呆れた声にローファンが苦笑する。

「すまない。セレスのことを思い出したらつい、な」

「セレス？　あの半端者が何……？」

呆然と兄とローファンのやり取りを見ていたベッラに、ローファンは残酷にも現実を告げた。

「ああ、私の番の名前だ。ここにいる者には事前に伝えておこう。近いうちに、私は番と結婚する」

どよめく鳥族の者たちに対し、ベッラは聞こえなかったことにしたらしい。

「えっ、何？　えっ？　もう一度言ってくださらない？」

声を震わせながらベッラは言った。

「何度でも言おう。獣人の王、ローファンは番と結婚する。……諸事情により今まで番の存在を公表できなかったが、番は既に我が国で結婚できる年齢だから安心してほしい」

朗らかに微笑むローファンに、ベッラは顔を強張らせた。

「う、嘘でしょ⁉　ローファンに、番……？　しかも、あの混血が……？」

嘘だと言ってほしかった。だって、それじゃあベッラには太刀打ちできない。

「……ベッラ、本当だよ。ローファンには愛する番がいるんだ」

「いや……そんなのいや……」

ベッラは絶望のあまり顔を真っ青にして弱々しく首を振った。

獣人は番至上主義。もともと結婚し子供もいた男を、番だからという理由で奪い取り、正妻の座についた母を持つベッラにはそれがよく分かっている。

母はよく言っていた。

『だって番なんだもの。しょうがないじゃない』と……

番だから元からいた妻を蔑ろにしても許されたし、自分は番との間にできた子供だから兄よりもちやほやされてきた。

だから、ローファンの番でないベッラが、番を得たローファンに選ばれることは絶対にない。

分かってる。分かっているけれど、それじゃあこの胸に渦巻く感情はなんだろうか。

ベッラはローファンの番じゃない。でも、ローファンのことが好きなのに……愛してるのに！

「………あ……」

そのときベッラは気が付いた。自分は、今まで馬鹿にしてきた女と同じなのだと。キースの母と同じように番のいる男から愛されなかったのだと気付き、ベッラは愕然とした。今までキースの母を馬鹿にしてきた罰が当たったのだろうか。愚かな女だと陰で笑っていた罰が……

「ローファン……」

憑き物が落ちたような顔をしたベッラが、愛した男に問いかける。

「貴方はその……番のことが好き、なの……？　愛しているの……？」

ベッラの言葉にローファンはにこやかに告げた。

「当たり前だろう」

ローファンの蕩けるような笑みを目の当たりにして、ベッラは呼吸が止まったかのような衝撃を受けた。今まで自分がどれほど愛を伝えても、ひとかけらだってそんな顔、見せてくれなかったのに。

「そうなのね……」

ベッラはとうとう敗北を認めた。

自分はローファンに選ばれなかった。ずっと本人から『恋愛対象として見られない』

と言われ続けてきたけれど、ベッラは今日に至るまでローファンの気持ちを変えられると信じてやまなかった。

だが、無理だった。

ローファンのそんな顔を見てしまったら、認めざるを得なかった。

罪を犯した鳥族の男たちと共に牢へと連れていかれる間、ベッラは今までの態度から一変、魂が抜けたように静かに従っていた。


ローファンが謁見の間で鳥族の者たちとやり取りをしている中、部屋に戻ったセレスは侍女たちから涙ながらに謝罪を受けていた。

「私たちが付いていながら申し訳ございません！」

そう言って土下座する勢いで頭を下げられて、セレスは慌てて二人に姿勢を戻すように言った。

「二人のせいじゃないわ」

「いいえっ！　上空からの侵入を考慮しなかった我々の責任です！　今後シールドの機能を追加するよう進言いたします！　セレス様が怖い思いをなさらないよう、王宮の警備を強化いたしますので！」

侍女のマーサから決意に満ちた目で見つめられて、セレスは困ったように笑う。

心配させてしまって申し訳ないと思いつつ、その気持ちが有り難かった。

「今までシールドの効果は建物への物理攻撃のみ有効でしたが、今後は庭園を含めた王宮全体への侵入者にも対処できるよう、シルヴァ様に伝えないと……」

ブツブツと進言内容を考え始めたマーサを置いて、サラはセレスにお茶を勧める。ソファーに座ってカップに口を付けたセレスに、サラは笑みを浮かべて言う。

「本当に、竜王様がセレス様を見つけてくださって安心いたしました。ゼフ様も心配して追いかけてくださったのですが、何分匂いが消えてしまって見つけられなかったそうで」

「ゼフ様が？　今、王宮にいらっしゃるのですか？」

「ええ。竜王様と会うお約束をしていたそうですが、それどころではないと待たされているのだそうですよ。先ほどの騒ぎを聞きつけて捜索に協力してくださったんです」

「そう……」

サラの言葉を聞いて、セレスは考えるように視線を下に落とした。

以前、ゼフがローファンに話していた言葉を思い出す。ゼフは、竜王の結婚相手がセレスであることに否定的だった。

「ねぇ……少し、ゼフ様とお話しできないかしら？」

「えっ？　ゼフ様と、ですか⁉」

驚いた顔をするサラに、セレスは頷（うなず）く。

「ええ」

「それは、どういう……」

サラは話の途中で口をつぐんだ。扉の向こうで何やら騒がしい声がする。素早く反応したマーサが確認のため廊下に出た。マーサが部屋を出てから少しして、何やら男性と女性が言い争うような声が部屋の中まで聞こえてきた。女性の方はマーサだろうか。

「何かしら？」

セレスは扉に近付くと耳をそばだてた。後を追うようにサラも扉に近付く。

「──もうっ！　いい加減にしてください！」

「──なんだよぉ、少しくらいいいじゃねぇか」

「──いくら貴方が私より地位が高くとも、ここを通すわけにはいきません！　竜王の命令ですので！」

「──俺はただ、アイツが心配なだけなんだよ。純血じゃない子を嫁さんにするなんて、どうしちまったのかと思ってよぉ」

「――それは竜王に直接言ってください！　セレス様には関係のないことですし、そもそも……」

セレスとサラは思わず顔を見合わせる。ちょうど会って話がしたいと思っていた人が、自分から会いに来てくれた。

セレスが扉を開けると、思った通りトカゲの獣人ゼフとマーサが言い合いをしていた。その横で警護の兵が困ったように二人を見ている。まさかセレスが出てくるとは思っていなかったのだろう。マーサはぽかんと口を開けると、慌てて部屋に戻るよう伝えた。

「おっ！　ちょうどいいところに！　なぁなぁ、ちょっと話をさせてくれよぉ」

「何を馬鹿なことを！　セレス様、この方の言うことなんて聞かなくて結構ですからねッ！」

気安く声をかけるゼフにマーサが青筋を立てて怒る。そんな二人を見ながら、セレスは覚悟を決めてゼフに向かい合った。

「ゼフ様は私に用があるのですか？」

「そーなんだよぉ。お嬢ちゃんがちゃんとローファンから説明されてんのか心配でさぁ。結婚のこととか子供のこととか」

ゼフの言葉にぴくりと体が反応してしまう。それはセレスが一番気にしていることだった。

「セレス様にお嬢ちゃんとは何事ですか！」

「マーサ、大丈夫よ。……どうぞ、中にお入りください」

セレスがゼフを案内したことにマーサが驚く。

「セレス様⁉」

「護衛の方と侍女に同席していただきますが、よろしいですか？」

「あぁ、大丈夫だ」

ゼフがのんびりと応諾し部屋に入っていく姿を見ながら、セレスは自分を落ち着かせるように息を吐いた。

恐らく、ゼフから言われることは決してセレスにとって優しい内容ではないのだろう。

気になることがあるのなら、ローファンに聞けばいいのかもしれない。

でも、厳しい言葉でもいいから情報が欲しかった。ローファンや侍女のマーサとサラ、そしてローファンの側近たちでは、セレスにとって優しい言葉しか言わないだろうから。

ゼフから話を聞いて、そして……覚悟を、決めたかった。

ゼフはソファーに腰を下ろすと、気遣うようにセレスを見た。

「さっきまでヒョウの女に捕まってたんだろ？　大丈夫だったか？」

「え、ええ。大丈夫です。それに捜索に参加していただいたようで、ありがとうございます」

すぐに本題に入るだろうと思っていたセレスはわずかに目を見開く。ゼフは腕を組むと、「怖い思いをしたんじゃないかと思ってよぉ……」と呟いた。

「お嬢ちゃんが連れ去られたって聞いて、余計に話さなきゃって思ったんだよなぁ。軽い気持ちでローファンの側にいるなら、やめた方がいいって伝えようと思ってよぉ」

「ゼフ様……」

思わぬゼフの思いに、セレスは言葉をなくす。まだゼフのことは詳しく知らないけれど、きっと優しい人なのだろう。だからこそ、ゼフから話が聞きたかった。

「お嬢ちゃんには人間の血が混じってるんだろ？　混血だと獣人とセックスしても、子供は獣人にならないって知ってるか？」

「セッ……⁉」

あけすけな言葉に思わず顔が赤くなる。けれど至って真面目な顔のゼフに、セレスはコクリと頷（うなず）いた。

「そっかぁ、知ってんのか……混血だと竜の血を引く跡継ぎは産んでやれないんだぞ？　きっとローファンは色んな奴らから『なんでこんな女選んだんだ？』って言われることになる。そしたら辛いのはお嬢ちゃんもだろうがよぉ」

気の毒そうな目でセレスを見ながらゼフは続ける。

「それに混血は人間と同じで寿命が短い。獣人ってやつは強ければ強いほど子供ができにくいんだ。俺には子供が五人いるんだけどよぉ、子供は可愛い！　たまらなく可愛い！　ローファンにも自分の子供を抱かせてやりてぇんだよ。だからさ……」

セレスの目を真っ直ぐ見つめて、ゼフは言った。

「身を引いてくれないか？」

その言葉に、同席していた侍女のサラが息をのむ。

「……」

「……」

無言の状態が続き、ゼフはセレスの様子を窺う。

唇をぎゅっと結び、視線を逸らさないよう真っ直ぐゼフを見つめていたセレスの瞳が、じわっと潤み出したことに気付き慌てて言葉を重ねた。

「そっ、それに！　もしローファンの番が現れたら、お嬢ちゃん、ぽーいって捨てられちゃうかもしれないんだぞ!?　そうなる前にお嬢ちゃんから捨ててやった方が傷は小さいっていうかさぁ！」

そんなフォローなのかさらに傷を抉っているのか分からない言葉を告げて、ゼフは困った顔でセレスを見た。

「ごめんなぁ。従兄弟が心配で、ついついお節介を焼いちまって。お嬢ちゃんには酷だよなぁ」

セレスは視線を落として、ゼフから言われたことを頭の中で反芻する。

セレスでは跡継ぎを産めないこと。

ローファンと寿命の差があること。

そして、番のこと……

今まで漠然と不安に思っていたことを、ゼフから突き付けられたようだった。

セレスには様々な問題がある。それを、ローファンは全て引き受けようとしている。

……『セレスの先祖に対する竜王の償い』

ローファンからプロポーズを受けたとき、セレスにはなんの覚悟もなかった。自分だけを熱く見つめる誠実な瞳に心を動かされて、自然と返事をしていた。

ただ……ローファンと結婚する上で、セレスには様々な問題があるという。もしプロポーズをされた当時、最初から問題を突き付けられていたら、セレスは返事に困っていただろう。今だってこんなにも不安を抱えている。

でも、昔と今とで明らかに違うことがある。

セレスは、ローファンを愛してしまった。

プロポーズのときに感じていたローファンへの好意は、いつしかセレスの中で愛に変わっていた。

だから、愛されていないのにローファンの側にいるのは、辛い。ローファンが過去の償いをするためだけにセレスを助けてくれているのなら、セレスにとっては辛いだけ。

でも、もし愛されているのなら……

ローファンが自分を欲しいと、そう思ってくれているのなら……

愛する人と一緒になることを諦めたくない。

問題があるというのなら、ローファンだけに抱えさせるのではなく二人で乗り越えていきたい。

セレスは心に宿った思いを胸に、顔を上げてゼフを見つめた。

「……身を引くも何も、私にそんな権限はないと思います」

獣人の王が決めたことに、一介の貴族令嬢であるセレスが反することなどできるのだろうか？

「ただ、ローファン様が私を愛しておらず、責任感だけで求婚したのであれば、私は婚約を白紙にすることを竜王に進言します。その上で、竜王のどんな命令にも従います。

実家に戻れと言われれば、結婚はなかったことにして国に戻ります。離宮で大人しくしていろと言われれば、お邪魔にならないよう静かに暮らします。……形ばかりの王妃になれと言われれば、愛を求めず仕事に身を捧げます」

セレスはただの貴族令嬢で、自分にはローファンに進言することしかできない。

「でも……」

セレスは真っ直ぐに前を向いて、ローファンを案ずるゼフを見た。

「もし、ローファン様が私を愛してくださっているのであれば、私は誰から何を言われようとローファン様のお側におります。跡継ぎを産めなくても、先に死んでしまっても、……っローファン様の番が現れる、そのときまで、私はローファン様と一緒にいたいんです！」

それが、ローファンに対するセレスの覚悟だった。

ローファンのことは愛しているけれど、ただ愛を押し付けたいわけではない。

ローファンのことを愛しているから、どんな障害があってもローファンと共に歩んでいきたい。

セレスの言葉にゼフは頭をぽりぽりと掻くと「……お嬢ちゃんはローファンのことが本当に好きなんだなぁ……」と呟いた。

「すまん！　俺が勘違いしてたみてぇだ。悪かった！　この通りだ‼」

　突然立ち上がり、ガバッと大きく頭を下げたゼフにセレスは目を丸くする。

　顔を上げたゼフはセレスを見てへにゃりと眉尻を下げた。

「てっきり俺はぁ、お嬢ちゃんの方からローファンに迫ったんだと思ってたんだ。お嬢ちゃんの先祖をこの国から追い出したことを引き合いに出して、結婚しろってねだったんだとばかり……」

「えっ⁉　そ、そうだったんですね」

「でもよぉ、ローファンから愛されてないのにそれでも結婚しろって……そんなことあるのか？　もしそうなったらお嬢ちゃんが辛いだけじゃねぇの？」

「それは……」

「まぁ、さ！　ローファンの気持ちは分かんねぇけどよぉ。一緒にいるのが辛くなって、お嬢ちゃんが『もう嫌だ！　逃げ出したい！』ってことになったら、今日のお詫びに俺がローファンから逃げ出す手筈を整えてやるよ！　だから安心しろって！」

　ガハハハ！　と豪快に笑うゼフに対して、扉の向こうから冷ややかな言葉がかけられた。

「――誰が、俺から逃げ出すって……？」

ガンッと大きな音を立てて扉が開き、セレスとゼフがそちらを見ると……
青筋を立てたローファンが立っていた。ローファンの形相にセレスもゼフもギョッとする。

――確実に、怒っている！

「ゼフ……セレスが、なんだって？　俺から逃げ出す、手助けをすると、聞こえた気がしたんだが……？」

セレスの手前感情を抑えているものの、それでも怒りのあまり声を震わせたローファンからはどす黒いオーラが漏れ出ていた。

「あ、あははははー。なんだっけなぁ？　そんなこと言ったかなぁ？」

本能的に身の危険を感じたゼフは言葉を濁す。

ローファンが憤るのも無理はない。大切な番を自分のもとから遠ざけようとするなんて、番至上主義の獣人社会では殺されてもおかしくない所業だった。いくら匂いで見つけ出せるとはいえ、そんな提案をすること自体が罪深い。

気持ちを落ち着かせるために「はぁ……」と一度息を吐き出すと、ローファンはにっこりと笑って言った。

「ゼフ、お前、鉱山採掘で人手が足らないと言っていたな？」

「えっ、あ、ああ」

突然話が変わったので、ゼフは訝しげにローファンを見る。

ゼフの獣の本能が、嫌なことが起こると告げている。

「そんなお前に労働力を提供してやろう。竜王命令だ。上手く使ってやれよ？」

にこにこと笑みを浮かべるローファンの後ろに何やら黒いものを感じて、ゼフは震えあがった。

「あ、あの……？」

「ちなみに拒否権はないから安心しろ。本件についてはシルヴァから追って連絡させる。……話はもう終わりだ。連れていけ」

ローファンの指示を受け、入口で控えていた兵がゼフを引きずっていく。

その様子を同じく入口に立っていたマーサが厳しい顔で見ていた。

「えっ？　ちょ、ちょっと待てっ！　な、なんだよその労働力って！　おい……おいってさあああ！」

バタン。部屋の扉が閉まり、ゼフの声がだんだん小さくなっていく。

呆気にとられて二人のやり取りを見ていたセレスは、ローファンが自分の方を向いたことでビクッと体を震わせた。

「……セレス？」

ローファンが目を細める。

自分の反応が誤解を招いたことに気付き、セレスは慌てて首を横に振った。

「ち、違うんです！　決して逃げたいとかそういうことではなくて……あ、でも実家に戻ることは覚悟したのですが……」

「……セレス？」

しゃべればしゃべるほどローファンから発せられる圧が大きくなるのは何故だろうか……

眉を下げ困った顔で見つめるセレスにローファンは苦笑する。

「話したいことがある」

そう言ってローファンはセレスの隣に腰を下ろした。その言葉を受けて、優秀な侍女たちはそっと部屋を出ていく。

「話、ですか？」

「ああ。……でもその前に、ゼフと何を話していたんだ？　何やら不穏な言葉が聞こえた気がしたんだが？」

ローファンの言葉にセレスの心臓は跳ねる。何から話せばいいのか考えてセレスは目を逸らした。

「……ゼフ様は、ローファン様の求婚を受けた私のことを心配していらっしゃいました。混血だから、色々と苦労も多いだろうと……」

「何を馬鹿なことを」

ローファンはフッと一笑した。

「セレスはただ、俺の側にいてくれるだけでいいんだ」

「側に……いるだけで？」

「そうだ」

ローファンの言葉が、セレスにはまるで『お飾りの王妃で構わない』と言われているように聞こえた。ゼフの無情な言葉が頭をよぎる。

「そ、それは……私に問題がありすぎるからでしょうか？」

「問題？」

「私では、ローファン様に何も与えられません」

竜の血を引く跡継ぎを産むことも、連れ添い続けることも、番ではないセレスにはできないことだった。俯くセレスに、ローファンは手を伸ばし頬に触れる。促されるように顔を上げると、ローファンのブルーの瞳にぶつかった。

「自分の手の届くところにいるだけで、これほど愛おしいのに……どうして何も与えられないなんて言うんだ」

ローファンの青い瞳が優しくセレスを見つめる。

「俺が今、幸せを感じているのは、隣にセレスがいてくれるからなのに」

「幸せ……？」

「ああ。ずっと俺だけのものにしたかった。セレスが魔力を発現させた十歳のときから、ずっと……」

セレスの頬をローファンの大きな両手が包み込む。

「俺が見つけたときには貴方は既に王族の婚約者で。——だから、あんな、男に……」

込み上げてくる感情に、ローファンはぐっと言葉を詰まらせる。

——ローファンが初めてセレスを見たときのことは、今でも夢に見る。

その日、番の波動を感じたローファンは、高揚感に包まれながら番のもとに急いでいた。

獣化し、番の魔力を辿って空を飛びながら、まだ見ぬ番に恋い焦がれる。本能に従って引き寄せられるまま突き進んでいくと、人間の大陸に向かっていることが分かった。

まさか、自分の番が人間の大陸で暮らしているとは。ローファンは驚きつつも、それ以上に喜びが勝っていた。待ち望んでいた番に会える喜びに、心は打ち震えていた。

番がいる屋敷の上空まで空を駆け抜けたローファンは、周囲を歩く人や警備の者の姿を見て、少し理性を取り戻す。ここは、獣人の国ではない。ローファンが竜化したまま姿を現せば、きっと騒ぎになってしまうだろう。それに、番を怯えさせてしまうかもしれない。

獣人と異なり、人間には『番』という本能の繋がりが分からない。

だからこそローファンの父は人間と平和協定を結ぶにあたり、番に関する特例を設けた。獣人が人間を攫うのは許さない。ただし、五歳以下の番を除く。獣人の番が人間であった場合を考慮し、一般的にどんな子供でも魔力が発現されると言われる五歳までの間であれば、獣人の国に連れて帰ることを認めていた。

五歳までと決められていたのは、既に結婚している者や婚約者のいる者を攫って無理矢理連れてくるのを防ぐためで、この特例の影響で人間の国ではいつしか婚約者を定めるのは六歳を過ぎてから、というのが習わしになっていた。

実際のところ、番が人間の国にいて、さらに五歳を超えていた場合、獣人が自身の半身である番を本当に諦められているのかどうか定かではない。ただ、少なくとも平和協定を結んで争いがなくなってからは、獣人と人間どちらからも不満が出ることはなかった。

ローファンは空中で人化すると、番の匂いが強くする屋敷のバルコニーに降り立つ。

幼い子供であるはずの番に会うよりもまず、番の親に話をつけるべきだというのは分かっている。けれどその前に自分の番を一目見たいと、無意識のうちに体が動いていた。

幸いなことにバルコニーから部屋に続く窓は開いていて、風が吹く度にカーテンが揺れてなびいている。ローファンは番を驚かせないように、そっとカーテンを動かした。

「おめでとうございます！　確かに魔力が出ておりますよ！」

「本当？　これでいいの？」

年配の女性の声。そして少女の明るい声。ローファンがレースのカーテン越しに部屋の中を覗くと、そこには二人の人間がいた。

少女は胸の下で両手を上に向けてぬいぐるみを浮かせている。

（彼女だ……）

ローファンはすぐに気付いた。

ローファンの、愛しい番。ローファンの全てが目の前の彼女に向かっている。

番に向かって歩き出そうとして、年配の女性の声で我に返った。

「今ご両親にお伝えして参りますね。きっと喜んでくださいますよ！」

少女に向けてニコニコと笑みを見せた後、年配の女性が部屋を出る。無意識のうちに動こうとしていた自分に気付き、ローファンは苦笑した。

少し冷静になって改めて番を見ると、予想していたよりも随分と大きい。いくつだろうか。女性というほどの年齢ではないものの、幼い子供には到底見えなかった。

でも、そんなことどうでもいいかとローファンは思い直す。この番を手に入れられるなら、些細なことはどうでもいい……

ローファンが熱い眼差しを向ける中、そんなことなどちっとも気付いていない番は、遅咲きながら魔力を出せたことに喜んでいた。

「これが、魔力……」

自分の手のひらを見つめて感慨深そうに呟いた少女は、両手を胸に当ててぎゅっと自分の体を抱き締めた。

「きっと、クリストファー様に喜んでいただけるわ」

番の口から出た男の名前に、ローファンの眉がぴくりと動く。

誰だその男は、と苛立つローファンに、その答えはすぐに出された。

「これできっと、クリストファー様に婚約者として認めてもらえるはずだわ」

可愛い顔に嬉しそうな笑みを浮かべて、少女は喜びに満ちた明るい声で呟いた。

番のその言葉に、ローファンの思考が停止する。残酷な事実はローファンの胸を抉った。

――信じられなかった。

本能が求めてやまないローファンの愛しい番には、既に婚約者がいる。

まさか自分の番に、自分以外の男がいるなんて思ってもみなかった。これでは彼女を自分のものにすることができない。

（……いや……そんなもの、関係ない……）

自分の胸のうちから、凶悪な感情が込み上げてくるのをローファンは感じていた。獣としての本能が、理性を食い破ろうとする。本能が求めるまま、奪い去ってしまえばいい。だって彼女は番なのだから。ローファンの、ただ一人の番なのだから。

――でも……

嬉しそうに、幸せそうに微笑む番を見て、ローファンの胸は締め付けられるように痛んだ。

彼女が、欲しい。

けれど、彼女の幸せを望む気持ちもまた、事実だった。

その愛おしい笑顔を壊したいわけではない。それに、ローファンにはその資格すらない。

既に婚約者がいる番。

祖父の悪行を正すため、父が定めた平和協定で設けられた特例の年齢を大きく超えた番。

ローファンに、彼女を攫う資格はなかった。

ギリッと歯を食いしばると、ローファンは、番に何も言わないまま、獣化して空へと飛び去った。

でも、今なら分かる。きっとあの後、セレスが望んだ展開にはならなかったのだろう。あのとき、竜王としての理性をかき集めてその場を立ち去ったローファンは、無理矢理にでも攫ってこなかった自分をずっと悔やんでいた。

一瞬苦しげに顔を歪めたローファンはそれを隠すように首を横に振ると、再びセレスを見つめた。

「……貴方が俺の側にいるのは、俺にとって奇跡のようなことなんだ。だから、問題があるなんて、何も与えられないなんて言わないでほしい」

ローファンの真剣な眼差しに、セレスの体が熱を帯びる。ローファンは腕を伸ばした。

「俺の可愛い人……俺の、ただ一人の番」

言葉と同時に強く抱き締められて、セレスの思考は停止した。思考だけでなく体も固まってしまった。

「――？」

――？

「ろ、ローファン様？」

今、なんて言いましたか？

「――つがい？」

……誰が？　なんのこと？

ローファンの胸から顔を離し、セレスは自分の顔を指差して首を傾げた。

「私が、番？」

「――ッ！　あ、ああ」

それは意図せず上目遣いになっていてローファンを悶えさせたのだが、セレスにはそれどころではない。もしセレスがローファンの番だとしたら、今まで悩んでいたことはなんだったのだろうか……？

「あ、あの……私、ローファン様の跡継ぎを産めるのでしょうか？」

「もちろんだ」

「私の寿命は？」

「番は、体を重ねることで二人の寿命の長さがある程度同じになる。獣人の寿命は人間と比べて長い。もし番えば、セレスは俺と同じようにこれから二百年以上の時を過ごすことになるだろう」

ローファンは一度言葉を区切ると、セレスを力強く見つめた。

「俺は、セレスと共にこれからの人生を歩んでいきたい。だから、どうか俺と番ってほしい」

ローファンの真剣な眼差しに、セレスの胸はぎゅっと締め付けられる。

湧き上がる思いに胸がいっぱいになって、なんだか泣いてしまいそうだった。それでもちゃんと自分の気持ちを伝えなければとセレスは口を開く。

「……私は、獣人の方々と違って、番という感覚が分かりません」

セレスには、自分の運命の人が誰かなんて分からない。

だから初めてローファンと会ったとき、こんなにも大切な人になるなんて思いもしなかった。

セレスの言葉に、ローファンが唇を引き結ぶ。セレスを見つめるローファンの瞳の奥に、ほんの少しの不安が浮かんで見えて、セレスはそんなつもりはなかったと困ったように笑った。

「でも、分かることもあるんです」

自分の気持ちを伝えるのは、少し怖い。でも、それ以上にこの思いを伝えたかった。

セレスはローファンと出会うまでずっと、夢見ることを諦めていた。愛し愛される関係になりたいなんて、そんな未来、自分にはこないのだと思っていた。

セレスはローファンを見つめる。

「ローファン様を、愛しています」

本能の繋がりなんて分からないけれど、セレスはローファンと出会い、いつの間にか恋をして、その気持ちは愛に変わっていった。

「だから……こちらこそ、どうか一緒にいさせてください」

ローファンに自分の思いが伝わるように、セレスは心からの笑みを浮かべた。

「セレス……」

愛しげにセレスを見つめたローファンは、愛する人からのかけがえのない思いを胸に、改めて自分の思いを伝えた。

「愛してる。俺の手で貴方を幸せにしたい。だからどうか、いつまでも側にいてほしい」

「はい……っ！」

幸せに満ちた笑みを浮かべるローファンに、セレスはぎゅっと抱き付いた。

第七章

まどろみの中、温かくて逞しい腕に抱き締められていることに気付いたセレスは、慌てて目を覚ました。ローファンの胸に抱き込まれるようにして眠っていたと分かり、セレスの顔が赤く染まる。

そうっと顔を上げると、甘い眼差しでセレスを見つめるローファンと目が合って、寝起きのセレスは混乱した。

「えっ、あっ⁉　もう、起きて……」

慌てて距離を取ろうとするセレスをローファンの腕がそうさせてくれない。

優しいけれど有無を言わさぬ力で引き寄せられて、セレスは困ったようにローファンを見つめた。

「おはよう」

セレスの戸惑いを受け流すような、にこやかな笑み。

幸せそうなその表情をすぐ間近で見たセレスは、はにかみながらローファンに笑いかけた。

「……おはよう、ございます」

ローファンの目が細められる。ゆっくり寄せられる顔に抗うことなく、セレスはそっと目を閉じた。

ローファンから番ってほしいと言われ、セレスが喜んで承諾した後、ローファンの行動は早かった。「獣人の国では基本的に婚約期間というものはない」「セレスの両親も承諾している」とセレスを説き伏せ、婚姻届にサインをさせると、竜王が番と結婚したことをその日のうちに国内外に公表した。

お披露目の式典については、外交も絡んでくるため日取りは先になるらしい。

「どんなドレスにするか楽しみだな」と朗らかな笑みを浮かべて話しかけるローファンに、セレスは曖昧に微笑んだ。前々から準備していたのだろうが、仕事の早さに驚くばかりだ。

婚約期間中に一度は家に戻るだろうと思っていたセレスは予想外の展開に戸惑ったものの、早く自分のものだと公表したいと訴えるローファンの言葉が嬉しくて止められなかった。

家族への手紙には、ローファンと結婚したことと式典の準備期間中に一度は家に戻るだろうことを書いて、氷の鳥にのせて飛ばしている。

それが、つい昨日のこと。

結婚に関する手続きを終え、ローファンとセレスは蜜月期間中だった。

自分がローファンの番であると教えられ、夢のような気持ちでいっぱいだったセレスに、ニコニコ顔のマーサが教えてくれた獣人の蜜月というもの。

「結婚した者たちが二人で過ごす、大切な時間です」

聞いたことがないと心配そうな顔をするセレスに、マーサは笑いながら教えてくれた。

「セレス様が心配なさることは何もございませんよ。ただ、竜王と二人の時間をゆっくり過ごしていただければ良いのです」

マーサはそう言っていたけれど、獣人の王として多忙を極めるローファンが本当にゆっくりできるほどの時間を取れるのだろうか。

そう思っていたセレスに対し、ローファンは番との蜜月を逃すつもりは毛頭なかった。

婚姻届にサインをしたその日の夜、ローファンは愛する番との蜜月を過ごすべくセレスの部屋を訪れた。何度も「愛してる」と囁かれて、強く抱き締められて。共に夜を迎えて今に至るまで、何度も口付けを交わし合った。たった一晩でセレスはローファンとのキスを覚えてしまった。

ローファンの唇が離れていくのをぼんやりと見つめていたセレスは、そんな自分に恥じらって視線を逸らす。

「あ……も、もうそろそろ起きないと……」

「まだ大丈夫だ」

ベッドに留めようとするローファンをセレスは困ったように見つめた。

「お仕事は大丈夫なのですか？」

「大きな問題には片が付いたし、引継ぎは終えてある。あまり長くは取れないが、番との新婚生活をゆっくり過ごすためにな」

そう言って口元に笑みを浮かべるローファンに、セレスの顔は赤く染まる。『新婚』という言葉の甘い響きは、セレスに追加の羞恥を与えた。

「そ、そうですか……」

目元まで赤くしたセレスを愛おしげに見つめていたローファンは、銀色の髪を撫でながら口を開いた。

「今までずっと王宮に閉じ込めてしまっていたから、セレスが良ければ獣人の国を回らないか？」

「えっ、いいんですか？」

「ああ。この国を見て、良いところを知って、少しでも好きになってもらえたら嬉しい」

「楽しみです」

セレスがにっこり笑うと、ローファンが精悍な顔を和らげた。

蜜月の間に、セレスとローファンは二人で獣人の国を見て回った。広大な領土を回るため、セレスはとうとう竜の背に乗るという経験を果たす。セレスが乗りやすいようにと、獣化したローファンの体に鞍のようなものを付けて固定するという、なんとも恐れ多い光景にセレスは震えた。

乗馬で使用する鞍と異なり、乗り手が体を支える手すりのようなものまで付いている。

（これは……至れり尽くせりではあるけれど……）

偉大なる竜王に、乗用馬のようなことをさせている。

『獣人の王に何をさせているんだ！』と怒られるんじゃないかとセレスは恐れたものの、訪問先で出会った獣人たちは皆、竜王の番に友好的だった。

王宮から日帰りで様々な場所を巡る。名目上はお忍びでの訪問だったけれど、景色が綺麗な場所に行ったり、ローファンの勧めるその土地の特産品を食べたりと、セレスはローファンと共に今までにない経験をした。

日中は色んなところを見て回り、夜が近付くと王宮に戻ってローファンと共に眠る。

マーサが言っていたように二人で過ごす時間をただただ堪能して、セレスは幸せな毎日を過ごした。

蜜月期間中に、気付いたことがある。

見た目は変わらないものの、セレスは自分の体が番う前に比べて丈夫になっているようだと感じていた。これほど様々な場所を巡り、体を動かしているにもかかわらず、疲れが蓄積されていない。初めて見るものに興奮して疲労に気付いていないだけかと思っていたけれど、最近では視力まで良くなっているようだった。

ローファンに体のことを伝えると、しばし考えるそぶりを見せた後、「セレスの体が獣人に近付いているのかもしれないな」と言った。

「獣人に、ですか？」

「ああ。寿命の長さや獣人の子を産めるのは獣人の特徴だが、体を重ねたことでその他の特徴が現れてもおかしくはない」

「その他の……」

以前キースが、獣人は身体能力が優れていると言っていた。セレスにもそのような特徴が現れるのだろうか。

「薄くはあるが、もともとセレスは竜の血を引いている。竜族は個体数が少ない分、獣人の中でもいまだ謎の多い種族で、未来視や過去視といった不思議な力を秘めていると言われているんだ」

「そうなんですね」

会話をしながら、セレスは以前見た夢のことを思い返していた。

美しい庭園で、仲睦まじげな様子で話す二人の男女の夢……そして、初めて王宮の庭園を見たときに感じた既視感……あの夢は、もしかして未来視だったのだろうか。

セレスは不思議な力を得ることも、その他の獣人の特徴も、特別望んではいない。

——でも……

ローファンとこれからの人生を共に歩んでいく中で、少しずつでもローファンを支えられるようになりたい。そう考えれば獣人に近付けて良かったのだとセレスは思った。

無言になったセレスに、ローファンが顔を覗き込む。

「……セレス?」

自分を見つめるローファンの顔に心配する色が見て取れて、セレスは安心させるように微笑んだ。

獣人の王として圧倒的な力を誇るこの竜王は、番のこととなると途端に心配性になるらしい。それも、この蜜月の間で分かったことだった。

ローファンのその心配りが、セレスには少しくすぐったい。

自分を思ってくれる人がいる。それがどれほど幸せなことなのか、長い間婚約者から冷遇されてきたセレスにはよく分かっている。

「ローファン様……」

「ん？」

「私と番ってくださって、ありがとうございます」

満ち足りた笑みを浮かべて伝えられたセレスの言葉に、ローファンが固まる。

大きく見開かれたブルーの瞳は、表面に水分が増してゆらゆらと揺らぎ始めた。

——もしかして……涙⁉

……と思ったセレスの予想は外れていた。

「……俺の番は煽るのが本当に上手い」

そう言って、少し顔を赤らめたローファンが照れたように視線を逸らしたのを目の当たりにして、セレスは違った意味で衝撃を受けた。

「……なんだ？」

「えっ、あの……ローファン様が可愛いなと思ってしまいまして……」

「なんだ、それは」

困ったように笑うローファンの顔も新鮮で。セレスは今まで知らなかったローファンの姿を、これからもたくさん知っていくんだろうと愛しく思った。

「可愛いのは、貴方の方だ」

甘く囁いたローファンの端整な顔が近付いてきて、セレスはそっと瞳を閉じた。

二人で身を寄せ合うように眠ったその日の夜――

セレスは正装をしたローファンと盛大なセレモニーを挙げ、皆から結婚を祝福される夢を見た。

セレスとの甘い蜜月を終え仕事に戻ったローファンに、早速シルヴァが書類の束を突き付けて言った。

「貴方の蜜月中、オオカミたちが泣きついてきましたよ。いつまで人間の人質を捕らえておけばいいのかと」

「ああ……」

ローファンはバイエルント国の国王のことを思い出す。優先度が低すぎてすっかり忘れていた。

国王の誘拐が発覚したときに、バイエルント国には見つけ次第そちらに送る旨伝えていたのだが、「えっ、返されても……どうせだったら王妃ごとそちらで処分してくれませんか？」という返事だったため、とりあえずオオカミのところに置き去りにしている。

「それなら早々にアイツのところに送るか」

ローファンは考えていた計画を実行すべく、シルヴァに指示を出した。

そしてその数日後。トカゲの獣人が住む村に、ゼフの叫び声が響き渡った。

「な、なんだよコイツらはぁぁ!!」

そう言って指差す先には、地面に座らされた二人の男がいる。

「先日、竜王が言っていた『労働力』ですよ。魔力は封じておりますので、あとは貴方のお好きに使っていただいて構いません」

「いや、『労働力』って……こんなおっさんにデブ、使いものになるかよ……」

言いながらチラッと二人を見る。

一人はしょぼくれた中年の男。そしてもう一人は、若いけれど金髪碧眼の豚のような男。二人とも質素な洋服を身に纏い、魔力封じの揃いの首輪を付けている。そして二人とも心底不本意だと全身で訴えていた。

「おいっ！　ようやく牢から出したと思ったら、この俺を獣人の国に連れてくるとはどういうことだ⁉　馬鹿にするのもいい加減にしろ……！」

「わ、私はバイエルント国の王であるぞ⁉　高貴な身分の私に一体何をさせるつもりだ⁉」

ゼフは無言で二人を見ると、シルヴァに向かって真剣な顔で言う。

「……本当に俺がコイツらの面倒を見なきゃいけねぇのか？」

「ええ。二人ともバイエルント国で処刑される予定だったそうですが、慈悲深い竜王が『それなら我が国で面倒を見てやろう』と」

「俺への慈悲はねぇのかよ……」

「これは双方に対しての罰ですからねぇ。竜王は彼らが番に対して行ってきた数々の仕打ちを、死んで簡単に終わらせるのが気に食わない。そして……」

シルヴァはゼフに呆れた目を向けて言った。

「……貴方、セレス様に身を引くように言ったんですって？」

「そ、それはさぁ。まさか番だったなんて思いもしないからよぉ……」

「竜王は貴方に対してもお怒りなんですよ。……これでセレス様が本当に身を引くなんて言い出したらどうなっていたことか」

やれやれと肩をすくめたシルヴァは、「では、私はこれで」と颯爽と去っていった。

「お、おい！　本当に置いていくのかよ⁉　ウソだろぉぉぉ‼」

ゼフはガタイのいい体で地団駄を踏んで抗議したが、シルヴァが後ろを振り返ることはなかった。

長(おさ)の叫び声に、トカゲの一族の連中がぞろぞろと集まってくる。トカゲの獣人はもともと体格の良い者が多く、鉱山採掘を生業としている肉体労働者のため見た目は荒々しい印象を受ける。

「なぁ、ゼフ。コイツら一体なんなんだ？」

集まってきたうちの一人がそう言って元国王とクリストファーの顔を覗き込む。

二人は「ひっ！」と体をすくませた。

「……俺たちの新しい仲間だ……」

「ハァ⁉」

「仲間ぁ？」

ゼフの言葉にトカゲの獣人たちは大声を上げる。中でも年若い一人が元国王とクリストファーを指差して喚(わめ)き散らした。

「コイツら人間と半端者だろ⁉　なんでこんな奴らが！」

「半端者って言うんじゃねぇっ！」

その者が口にした差別用語に、ゼフがげんこつを振りかざす。ゴツン！　と良い音がして、クリストファーたちは顔を青ざめる。けれど獣人たちにはごく普通のことのようでガハハと笑いが起きていた。

ゼフが頭を抱える一方で、元国王とクリストファーは虚勢を張りながらも内心恐怖に震えていた。

二人はシルヴァから、バイエルント国に戻ったら死罪になること、死にたくなければここで働くよう言われていた。クリストファーは自身の誕生パーティーに参加しており、ある程度事の顛末（てんまつ）を見ていたけれど、元国王は何が何やら分からないままここにいる。

今まで様々な問題に対して見て見ぬふりをしてきたバイエルント国のかつての王は、もはやバイエルント国からも獣人の国からも、いてもいなくてもどうでもいい存在として見なされていた。

「……オイ！」

髭（ひげ）もじゃで屈強な体躯（たいく）をした男に声をかけられて、二人は恐る恐る顔を上げる。

ゼフは二人を縛っていたロープを外させると、しゃがんで二人と目線を合わせた。

「お前たちが今までどんな地位に就いていたかなんてなぁ、俺にとってはどぉーだっていい！　でもローファンから任された以上、お前たちに仕事を与えるし、仕事をすればそれなりの生活も与える」

ただ……ゼフは言葉を区切ると、二人を見つめ厳しい声で言った。

「俺ぁ、お前たちを特別扱いしない！　一族の連中とおんなじように、悪いことしたらぶん殴る。仕事をしないで怠けたら、食事は抜きだ。……分かったな⁉」

ゼフのオーラにあてられて、元国王とクリストファーは震えながら何度も頷く。肉体労働なんてしたことのない二人には未知の世界だった。

そんな二人を見ながら、ゼフは心の中でもう一度大きな溜息をついた。

これからこの二人がどうなるのかは、彼ら次第だろう。ただ、性悪だと聞いている奴らがそう簡単に更生するとは思えない。必ず何かやらかすはずだ。

ここから逃げ出そうとするくらいならいい。

この辺りには野良の獣が出る。二人が逃げ出せば、獣たちの格好の餌食だろう。

（……あーあ、なーんで余計なことしちゃったかなぁ、俺ぇ……）

ローファンのためを思ってした行動が、まさかこんなことになってしまうとは。

ゼフはガクリと肩を落とした。

クリストファーと国王だった男が獣人の国にいて、それもゼフのところで働いているとは一切知らされていないセレスは、妃教育の合間にローファンとのお茶を楽しんでいた。

　もともとクリストファーの婚約者として教育を受けていたセレスには基礎ができている。獣人の国独自の文化や慣習を学びながら、少しでもローファンの支えになれたらとセレスは思っていた。

　ローファンとしては、番を誰にも見せずに閉じ込めておきたいという気持ちと、セレスの思いを尊重したいという気持ちで内心複雑ではあるものの、頑張ろうとするセレスを応援している。

「綺麗ですね……！」

　セレスは机に並べられたスイーツの数々に目を輝かせた。甘いものが好きなセレスのためにローファンが取り寄せた、獣人の国ならではの甘味がずらりと並んでいる。

「セレスの口に合うものがあるといいんだが」

　優雅にティーカップを持つローファンは、セレスの楽しげな様子に口元を綻ばせた。

「こんなにたくさんあると、どれから食べようか悩んでしまいますね」

　じっと見つめながら悩んだセレスは、アップルパイのような菓子が載った皿を手に取った。フォークに刺して口に運ぶと、ラズベリーのような甘酸っぱい果実が口に広がる。

「んんっ！　美味しいです」

「これに使われた果物はシルヴァの領地で栽培されているんだ」

言いながらローファンもセレスと同じものを口にする。ローファンがパイ菓子を食べる姿を見ながらセレスは首を傾げた。

「ローファン様が甘いものを食べるなんて珍しいですね」

一緒にいる時間が長くなって、少しずつ相手のことが分かるようになってきた。

以前ローファンが自分で言っていたように、好き嫌いなくなんでも食べられるようだけれど、自分から好んで甘いものを食べる姿は見たことがなかった。

「ああ、そうだな」

セレスから指摘されてパイ菓子に視線を落としたローファンは、凛々しい顔立ちに柔らかな笑みを浮かべて言った。

「セレスと同じものを食べて、一緒の時間を共有したかったんだ」

まさかそんな答えが返ってくるとは思わず、セレスは驚いてローファンの顔を見つめる。じわじわと喜びが込み上げてきて頬が熱くなるのを感じた。

会話を楽しんでいたセレスたちのもとに、マーサがやってきて「お話し中失礼いたします」と頭を下げた。

「セレス様宛てにこちらが飛んで参りましたので、そのご報告に伺いました」

そう言うマーサの腕には見慣れた氷の鳥がとまっていた。

「まあ、誰かしら？」

セレスが手を差し伸べると、魔法でできた氷の鳥はふわっと飛び上がりセレスのもとへやってくる。足元に結ばれた手紙を取り、お礼を言って頭を撫でると、役目を果たした氷の鳥はキラキラと輝いて消えていった。

セレスはローファンから了承を得てその場で手紙を開く。その手紙は二人の兄からのものだった。

一番上の兄、ルークからは、『元気にしているか？　心配事はないか？』とセレスを気遣う言葉が兄らしい力強い文字で書かれている。

そして二番目の兄、アレクからは……

「手紙にはなんと？」

尋ねるローファンに、セレスはアレクからの言葉を伝えた。

「会いたいからさっさと顔を出しに来い、と」

実際の手紙には辛辣な言葉が多分に含まれていたけれど、意味するところを正確に理解してセレスは兄らしいと笑った。

「セレスのお父上とは連絡を取り合っていたが、確かに改めて挨拶に行かなければな。

セレスも竜での移動に慣れてきたところだし、そろそろ伺おうか」

「きっと皆、喜んでくれると思います」

「蜜月の間に行けなかったところもあるし、仕事を調整して予定を組んでおこう」

「お披露目の式典もありますし、予定がたくさんありますね」

セレスの言葉にローファンは頷いた。

「ああ、貴方とやりたいことがたくさんあるんだ」

幸運なことに、セレスとローファンにはこれからたくさんの時間がある。

お互いが、かつて夢に見ていた光景に近付いているのだと実感して、幸せを噛みしめた。


そして時は巡り――二人の大切なイベントのうちの一つでもある、式典当日。

竜王と番の結婚を祝おうと、多くの獣人が王宮の周りに集まった。セレスの両親はもちろん、人間の国からも各国ごとに使者が出席している。

今日の日のために用意された白いドレスを身に纏い、セレスはローファンの前に立った。

シルクの光沢が美しいそのドレスは、ケープ型のオフショルダーが背中側でV字に開かれ、下に続くコサージュとレーストレーンを華やかに見せている。胸元と流れるように広がるドレスの裾には細やかな刺繍とパールが上品に装飾されていた。

銀色の髪を後ろでまとめ、頭にティアラをつけたセレスは、ここにいる誰よりも美しく輝いている。

「綺麗だ……」

ローファンの称賛の声を聞いて、セレスは目元を赤く染めた。

その顔を見たローファンが、「こんな綺麗な姿、誰にも見せたくない」と言って本気で式典を中止にしかけ、側近たちを大いに困らせることとなったのは後々の笑い話だ。

なんとかローファンへの説得を果たし、セレスは今、獣人たちの前で竜王の妃として紹介されるべく舞台に向かっている。ローファンにエスコートされながら、セレスはふと、こんなに幸せでよいのだろうかと小さな懸念が頭をよぎった。

自分にはあまりにも過ぎた幸福に、どうしてか不安になる。幸せすぎて、その反動を恐れているようだった。もし、自分が獣人たちの前に顔を出して、混血だと罵倒されたら――

「セレス？」

上からかけられた声に、セレスはハッと意識を戻した。

隣で自分を見つめる、ローファンのブルーの瞳。いつもと変わらず自分を真っ直ぐ見つめてくれるその瞳に、セレスは泣きたくなるくらい安心した。

「大丈夫か？」

「大丈夫、です。……ふふっ、おかしいですよね。幸せすぎて、少し不安になってしまいました」

眉尻を下げて笑うセレスに、ローファンは真剣な顔でセレスを見つめた。

「セレス」

「はい」

「俺は今、すごく幸せだ。そしてこの幸せは、貴方が与えてくれている。愛する人が隣にいることで、自分がこれほど感情を突き動かされるなんて、今まで知らなかった」

「私も……」

幸せと、そして不安を抱えながらセレスは胸に手を当てた。

不安はきっと、隣を歩くこの人が取り除いてくれるのだろう。自分も、彼にとってそんな存在になりたいと強く思う。

「私も、とっても幸せです」

ローファンを愛しく思う気持ちを胸に抱きながら、セレスは心からの笑みを浮かべた。

姿を現した竜王とその妃に、集まった獣人たちは歓声を上げた。

結婚を祝うたくさんの声。たくさんの笑顔。それに応えるようにセレスは微笑みながら手を振る。

妃に寄り添うようにして立つ竜王の姿を見て、獣人たちは今後も国は安泰だと知る。

竜王に何事か囁かれた妃は、一瞬戸惑った顔をして、けれど優しい笑みを浮かべると両手を前に差し出した。

「うわぁ……！」

「綺麗……」

集まった獣人たちの上から、氷の結晶が舞い落ちる。

それは日の光に反射してキラキラと美しくその場を彩った。

魔法で作ったその結晶を見て、妃が竜の血を引いていることを獣人たちは改めて理解したのだった。

『竜王ローファンの番は、竜の血を引く氷の王妃』

その言葉はローファンの偉業と共に、長きにわたり言い伝えられていくのであった。

惚れ直させたいローファンと、
セレスの初めての嫉妬

これは、セレスがローファンと結婚し、二人だけの蜜月を終えた後の話。

セレスの朝は早い。もともとアーガスト家にいたときも早起きだったセレスは、侍女に声をかけられる前に目を覚ますことが多い。

獣人の国に来てからもそれは変わらないが、辺境伯家にいたときにはなかった朝の仕事ができた。

「ローファン様……」

ベッドに横になったまま自分の体をゆったりと抱き締めるローファンをセレスは見上げる。咎めるような妻の眼差しに、ローファンは小さく笑った。

「ん？」

何を言いたいのか分かっているはずなのに、ローファンは素知らぬふりをして面白そうに笑うだけ。セレスは困ったようにローファンの胸に手をあてた。

離れようとするセレスの腰に腕を回し、ローファンはさらに抱き寄せる。

「……っ、……そろそろ時間ではないですか？」

「まだ大丈夫だ」

「ですが……今日は朝からゼフ様がいらっしゃると聞いております」

隙あらばセレスの顔にキスを落とそうとするローファンに、くすぐったそうに首をすくめながらセレスはなんとか今日の予定を口にする。

「ああ、そうだったな」

この後の執務を思い起こしたローファンは一瞬竜王としての顔になったものの、すぐに笑みを浮かべてセレスに向かい合った。

「それなら、口付けだけ」

蕩（とろ）けるようなローファンの甘い笑みを目の当たりにしたセレスは、うろうろと目を泳がせた後、赤い顔のままゆっくりと瞳を閉じた。

「ん……」

ローファンの薄い唇がセレスのものと重なる。

甘い疼（うず）きが込み上げてきて、胸をきゅっと締め付けた。

セレスが目を開けると、臣下の者たちに見せる凛々（りり）しい顔を崩し、幸せそうに表情を緩ませたローファンがそこにはいた。

「おはよう」

先ほどとは打って変わって、はっきりとした口調。ローファンが正しく覚醒したことを理解して、セレスは今日の一仕事が終わったことを知る。

「おはようございます」

優しいキスで惚けた顔を見せるセレスにローファンは嬉しそうに笑うと、セレスの額に唇を落とした。


王宮内の庭園にあるブランコに腰かけていたセレスは、今朝のことを思い出してほうっと息をついた。蜜月を終えて仕事に復帰したローファンは、今まで通り獣人の王としての仕事をこなしているらしい。むしろ結婚する前に比べて精力的に取り組んでいると、キースやシルヴァたちからは聞いている。

それはとても良いことなのだけれど、ローファンが仕事に復帰したことで問題が一つ発生した。マーサあたりに相談すればきっと、「新婚ですから」と微笑ましく思われてしまいそうなものだったけれど、セレスにとっては大きな問題だった。

蜜月の間は二人で過ごすことだけに重きを置いて、時間を気にすることはあまりなかったけれど、日常に戻ればそうはいかない。いつまでもベッドにいることなどできるはずがない。

今朝のように、ベッドから出ようとするセレスを様々な手管で引き留めるローファンと、それを宥めるセレスとのやり取りは最近の定番となっていた。

今まで側近たちが竜王の執務室に集まってくる時間を過ぎたことはないものの、いつまでも放そうとしないローファンにセレスはいつもハラハラしてしまう。ローファンに甘く囁かれると強く出られない自分にも困っていた。

どうしたものかと新婚らしい贅沢な悩みを抱えていたセレスに、両側から高い声がした。

「セレス？　どうしたの？」

「大丈夫？　お腹でも痛い？」

セレスを気遣う、子供たちの声。今日はトカゲの獣人のミラとルルが遊びに来ている。ブランコの両側から心配そうに顔を覗き込まれて、セレスは慌てて首を横に振った。

「ごめんなさい、大丈夫よ。ええっと……二人は人間について教えてほしいのよね？」

「そう！　この前聞いた王子様とお姫様のお話が面白かったから、もっと話を聞きたいの！」

姉のミラが幼いながらも大人びた様子でセレスに話をねだる。

ゼフの用事についてきていたミラとルルに、セレスが知っている童話を話してからというもの、余程楽しかったのかミラとルルは頻繁に遊びに来るようになった。

侍女のマーサは「セレス様に変なことを言ってはなりませんよ」とミラとルルに言って聞かせ、二人を見張るようにセレスたちのすぐ近くで待機している。セレスはマーサの言動に首を傾げながらも、それで可愛いミラとルルに会えるならいいかと好きにさせていた。

「ねぇねぇ！　人間は自分の番が分からないんでしょ？　じゃあ、どうやって人間は結婚するの⁉」

目をキラキラと輝かせて尋ねるミラに、セレスは夢を壊さないよう気を付けながら口を開く。

「人間はね、好きな人と結婚するのよ。この前お話しした王子様もお姫様も、仲良くなってお互いが大好きになったから結婚したの」

「そうなんだ！　面白いね！」

「ねー！」

姉弟で顔を見合わせて楽しそうに笑う二人を見て、セレスは微笑む。今までセレスがいた貴族社会では、そんな幸せな結婚をできる者の方が少ないだろうけれど、それを二人に伝える必要はなかった。

「それは……」

「じゃあじゃあ！　逆に、大好きだったのに好きじゃなくなることもあるの？」

　ミラの質問にセレスは言葉を詰まらせる。

「確かに、そういうこともあるわね。……ただ、そうならないために人間は頑張るのかもしれないわ。相手に自分の思いが伝わるように言葉を尽くしたり、好きだという気持ちを伝えあったり、贈り物をしたり……」

「ふーーん」

　ミラのよく分かっていなさそうな返しに、セレスは苦笑した。獣人であり、なおかつ幼いミラにはまだそんな経験はないだろうから上手く伝わらなかったようだ。

「じゃあ、頑張っても好きじゃなくなっちゃったら？」

　きょとんとして首を傾げる弟のルルに、姉のミラは訳知り顔で答えた。

「そのときは『リコン』するのよ。村のおばちゃんが言ってたもの。隣の村の奥さんったら最近になって番を見つけて、番じゃなかった旦那さんと『リコン』したのよーって！」

「でしょっ？」とミラから顔を覗き込まれてセレスはなんとも言えない顔をする。子供の耳に入れるには夢のない話すぎた。

「ええ……そうね……。好きじゃなくなったら離婚することもあるでしょうね」

「――？　『リコン』ってなーに？」

今度はルルの質問にセレスは頭を悩ませながら回答する。

「離婚っていうのはね、結婚して夫婦だった人たちが、色んな理由があってお別れすることを言うのよ」

獣人社会では番同士でない夫婦の方が少ないのだという。そのため離婚自体が珍しいのかもしれない。番同士なら絶対にありえない話にルルは驚いたようだった。くりっとした瞳をさらにまんまるにして大きな声を出す。

「そうなんだ……！　じゃあ、自分のことを国王だって言ってる、あの人間のおじちゃんたちもそう……」

「ルル」

落ち着きある、低い声。

ルルの言葉を遮るように、庭園の茂みからローファンが姿を現した。

後ろにはゼフが立っている。いつから聞いていたのか、ローファンはブランコに近付くと咎めるようにルルの頭を撫でた。

「その話は駄目だろう」

「あっ！　そうだった！　ごめんなさい……」

「もうっ。ルルはお馬鹿ねぇ」

「ルル、バカじゃないよ！」

「あら、そーうー？」

お姉さんぶったミラの言い方に、ルルは文句を言っていたことも忘れて吹き出す。笑いは伝染して二人はクスクスと楽しそうに笑い合った。

「お前たちの父親との話は終わった。おしゃべりは終わりの時間だ」

「はーーい！」

元気良く返事をした二人は、ぴょんとブランコから飛び下りてゼフのもとに駆けていった。

「じゃあセレスまたね！　またお話聞かせてね！」

「バイバーイ！」

ブンブンと手を振って別れの挨拶をするミラとルルに、セレスも笑みを浮かべながら手を振る。

「また来てね」

二人が見えなくなるまで手を振っていたセレスは、ローファンの何か言いたげな視線に気付いて彼の方を向いた。

「どうかしましたか？」

「先ほど話が聞こえてきたんだが、セレスは……」

思いのほか真剣な面持ちのローファンに、セレスはきょとんとした顔になる。

――何か変なことを言ってしまっただろうか？

そう思いながらローファンの言葉を待っていると、ローファンは何か考えるように視線を逸らした。

「……いや、なんでもない。それより、この後は何をする予定なんだ？」

話を変えたローファンを不思議に思いながらも、セレスは質問に答える。

「午後は妃教育の先生がいらっしゃって講義を受ける予定です」

「そうか。頑張っているな」

ルルにしたようにローファンの手がセレスの頭を撫でる。ローファンの大きな手がセレスの柔らかな髪を優しく梳くような感触は、心地良くて少しくすぐったい。

「……ありがとうございます」

子供にするような行為に気恥ずかしい気持ちになるものの、自然な触れ合いが嬉しくてセレスははにかむように笑った。

セレスと庭園で別れたローファンは、執務室に向かいながら先ほど聞いた話を思い出していた。

セレスは言っていた。人間は、好きじゃなくなったら離婚することもある、と。

獣人にとって番は絶対的な存在で、番同士が別れるなんて発想自体がない。もし離れることがあるとしたら死別くらいのものだろう。

獣人同士であればそれはごく当たり前のことで、番と巡り会うことは生涯寄り添い続ける相手が決まったことと同じだった。

一方、セレスには獣人の血が混ざってはいるものの、番という感覚は分からない。

つまり、本能的な結び付きを感じ取れないセレスには、ローファンから心が離れる可能性があるということ。

庭園内で子供たちの楽しそうな声が聞こえてきたときは、三人でどんな話をしているのかと心穏やかでいたはずなのに。可能性の話ではあるものの嫌なことを突き付けられてローファンの心は騒いでいた。

（別れるなんて、そんなこと絶対に許すはずがない）

番であると分かったときは婚約者がいるセレスを一度は諦めたものの、名実共にローファンのものになった以上、セレスを手放すつもりはまったくない。セレスが側にいる幸せを知ってしまった今、仮にセレスが離れたいと言ったとしても、身を引くことなどできるはずがなかった。

愛することができる幸せも、愛される喜びも、セレスがいるからこそ得られるもの。だからこそ手放すつもりは毛頭ない。けれど……

(好かれるための努力は必要……か)

執務室に戻ったローファンを、書類を手にしたシルヴァが待ち構えていた。

「お待ちしておりました。こちらの書類にサインをお願いします」

「ああ」

書類を受け取り自分の席に座ったローファンは、シルヴァの顔を見た。

「なんですか？」

「いや……確か、お前のところは結婚してだいぶ経っていたな」

「ええ、そうですね。なんです？　セレス様と何かありましたか？」

「えっ⁉　なになにー？　セレスちゃんと何かあったの？」

シルヴァの言葉を受け、執務室のソファーで休憩していたキースが、がばっと体を起こして声を上げる。楽しいことを見つけたと言わんばかりのキースの様子に、ローファンは眉をひそめたものの、先ほどセレスがゼフの子供たちに話していたことを側近たちに伝えた。

「えーっ、じゃあローファンはセレスちゃんの心が離れていかないように、マンネリ防止しないとねー！」

「まだ結婚して間もないので不要な心配かと存じますが……ただ、獣人の番（つがい）に対する感覚と、人間の持つ恋心はどうやら違うようですからね」

にやにやと笑うキースを無視してローファンはシルヴァに尋ねる。

「シルヴァのところは奥方に対して何かしていることなどあるのか？」

ローファンからの問いかけにシルヴァは顎（あご）に手をあてて考えながら答える。

「彼女のことは大切に思っていますし、好意は伝えているつもりですが……どうでしょうね。お互い一緒にいるだけで満足している節はありますから」

「そうか」

ローファンとシルヴァのやり取りに、身を乗り出すようにキースが口を挟む。

「それならやっぱりさー、カッコいい！　ってセレスちゃんに思ってもらうのが一番じゃない？」

「格好良い、ですか？」

「そう！　普段見せない姿を見せて、セレスちゃんをときめかせちゃうってわけ！」

そう言って、楽しくて仕方なさそうな顔でキースがローファンに提案した。

「今度、長たちを集めて内々でセレスちゃんのお披露目会を開くんでしょー？　そのときにローファンが普段と違う格好をしたら、セレスちゃんをドキドキさせられるんじゃない!?」

キースの言葉にシルヴァが続く。

「ああ、それならいいかもしれませんね。貴方のことですからきっといつもの正装で参加する予定だったのでしょう？　セレス様のドレスと合わせて新調してはいかがですか？」

「でしょでしょ？」

一度思案したローファンは同意するように頷いた。

「そうだな。もともとセレスのドレスを作る予定だったし、俺の分も合わせて依頼するか」

自分の案を採用されたキースは嬉しそうに笑った。

「ローファンの蜜月が終わって仕事ばっかしてたから、よーやく楽しみができた！　セレスちゃんを惚れ直させちゃうぞ作戦の始まりだねー」

「……その作戦名はどうかと思いますよ」

二人の掛け合いを眺めながら、ローファンは可愛い番を少しでも喜ばせられたらと、頭の中で段取りを立て始めていた。

ローファンから、国内外へのお披露目の前に、獣人の国の上位層だけを集めたパーティーを開く予定だと教えられたセレスは緊張した面持ちで頷いた。

セレスにとって、そのパーティーが竜王妃としての初めての公務になる。唇を結んだセレスにローファンは表情を和らげると、「パーティーの間、ずっと隣にいるから安心してほしい」とセレスを勇気付けた。

そして、そのときに着るドレスを新たに仕立ててもらうこととなり、話を聞いた数日後には今回制作を担当するネコの獣人を紹介された。

セレスの部屋を訪れて挨拶をした女性は、毛並みの良さそうな白い耳に白い尾の獣人だった。色白でショートヘアのその人は、どこか色気を感じさせる雰囲気を持っている。

垂れ目がちの瞳と口元にあるホクロがそう思わせるのだろうか。セレスが見惚れていると、女性はしなやかな体を優雅に曲げてお辞儀をした。

「初めましてセレス様。私、ミーシャと申します。今回はドレスのデザインから縫製まで、全て私のところで務めさせていただきます」

セレスも挨拶をすると、嬉しそうに笑みを浮かべたミーシャは頬を紅潮させて話し始めた。

「今回セレス様のドレスを一から作らせていただけると聞いて、私、嬉しくて嬉しくて。昨日はなかなか眠れなくて、早く寝ろと怒られてしまったほどですわ。セレス様が今お召しになっているドレスも、実は私が作らせていただいたものなんです。ただ、そのときはセレス様のサイズと雰囲気だけを聞いて作りましたので、セレス様の良さを損なっていないかどうか心配しておりましたの。——でも！　伺っていた通りの素敵な方で、とても良く似合ってらっしゃいますわ！　セレス様のお好きなデザインやお色がございましたらなんでもおっしゃってくださいね。ご希望に沿ったドレスを作ると約束いたしますわ」

色っぽい大人びた見た目に反して、話がいつまで経っても終わらない。

今回の制作にかけるミーシャの意気込みをものすごい熱量で語られて、セレスは目を瞬かせた。側に控えていた侍女のマーサが「ゴホン！」とわざとらしく咳払いしなければ、ミーシャの話はもっと続いていただろう。

「ああ、ごめんなさい。私、服のこととなるとすぐ熱くなってしまって……今日はセレス様の採寸を行って、後日デザイン案や素材のサンプルなどをお持ちいたしますね」

そう言ってミーシャは侍女の手を借りながらセレスの体を採寸していく。

今までこんなに細かく測られたことがあっただろうかと思うほど全身を隈なく測られ、さらにミーシャはその間も「セレス様の腰はとても細くていらっしゃるのね」だとか「二の腕の柔らかそうな見た目と透き通るような肌の白さはもはや国宝級ですわ。この美しさを隠すなんて勿体ない！　なんとかして竜王様から許可を引き出さないと……」などと話が途切れる様子がない。

初めのうちはただただ圧倒されていたセレスも次第に慣れてきて、仕事に対するミーシャの情熱をすごいと思うようになっていた。

「ミーシャ様は本当に服を作ることが好きなんですね」

「ええ。大好きなんです。こればっかりは誰に言われてもやめられませんわ。今回、竜王様のお召し物もセレス様のものと合わせて作ることになりましたの。お二人の記念すべき日ですからね。気合いが入りますわ！」

「ローファン様も？」

ローファンの衣装については初耳だったセレスが尋ねると、ミーシャが頷いてみせる。

「そうなんです。ご自身の服装には興味のないあの方には珍しいことですわ。セレス様は、竜王様に着てほしい服のイメージなどおありになりますか?」

「着てほしい服……」

あまり考えたことのない話題にセレスが戸惑うと、ミーシャが代わって話し始める。

「今までは本人の希望で黒を基調にしたものばかりでしたけれど、もっと違う色の方が竜王様には合うと思うんです。私が何度申し上げても一向に聞いていただけなくて、うるさいと言われてばかりでしたの。折角整った顔をしているんですから、もっと色々な服を着ていただきませんと。素材の良さを活かさないと勿体ないですわ。本当は竜王様の採寸もさせていただきたいのですけれど、変わってないから不要だと言って断られてしまって……確かに首まわりも腕まわりも、もう何年も数字に変化はありませんでしたけれど、それでも今の体を確かめさせていただくことでより良いものが作れますのに!」

熱く訴えるミーシャはローファンにもっと服に興味を持ってもらいたいようだった。

ミーシャの口ぶりから二人の親しげな様子が伝わってきて、少し気になったセレスは尋ねる。

「ミーシャ様はローファン様と長いお付き合いなのですか?」

「ええ。私の方が竜王様よりも年嵩でございますので、竜王様が即位なさる前からのお付き合いでございます。当時の竜王様はお顔立ちこそさほど変わりありませんが、今よりも数センチほど背が低くていらっしゃいましたわ。長年ご贔屓にしていただいて有り難いことです」

そう言ってスラスラと答えたミーシャの口ぶりから、ローファンとの関係はあくまでも仕事上の付き合いだということが伝わってきた。ミーシャは服が好きで服に対する熱意を持っているだけで、ローファン個人に興味があるわけではないのだろう。

セレスにもそれは分かる。分かるのに、このモヤモヤとした感情はなんだろうか。

ミーシャのような綺麗な人が自分の知らないローファンのことを親しげに話すだけで、何故胸の奥がざわつくのだろうか。

バイエルント国にいたときも、獣人の国に来てからも、自分以外の女性がローファンと仲良くしているところをセレスは見ていない。だからセレスにとって、それは初めての感情だった。

セレスはいつも通りを心掛けながらも、心の中では今まで感じたことのない感覚に首を傾げていた。

採寸を行った日からしばらくして、ミーシャは再び王宮へやってきた。

華奢な体には不釣り合いなほど大きなバッグを抱え、ミーシャはいきいきとした様子で皆に挨拶する。採寸やドレスの調整など服を脱ぐ機会が多いため、ミーシャとの打ち合わせは全てセレスの部屋で行われていた。

「どんなデザインを用意してきたか楽しみだな」

そう言ってソファーの隣に座って笑みを見せるローファンに、セレスは曖昧に笑う。

今回はローファンも一緒に参加している。ドレスの話などつまらないのではないかと心配していたのだが、むしろセレス以上に積極的で、ああでもないこうでもないとミーシャと議論を繰り広げていた。

「セレス様の美しい肌がより映えるようデザインしております」

「胸元が開きすぎている。もっと生地を足した方がいい」

「これ以上詰めたら、もはやそれは詰襟ですわ！」

ローファンの発言に、ミーシャは必死で抵抗したり同意したりと楽しそうだ。

ソファーでお茶を飲みながら二人のやり取りを眺めていたセレスは苦笑した。ミーシャが言っていた長年の付き合いというのは本当のようで、竜王を前にしてもミーシャは怯むことなく意見を口にしている。まだ時間がかかりそうだからと、侍女はセレスにお茶のおかわりを勧めてくれた。

セレスは次々に決まっていく事柄に口を出すことなく黙って聞いていた。

ローファンとミーシャが真剣に考えてくれているため水を差すようなことはできないけれど、セレスにはドレスにあまり良い思い出がない。

セレスにとって、正装することは辺境伯領を出てクリストファーと共にいなければならないことを意味し、憂鬱な出来事の象徴のようなものだった。

もちろん、初めはそうではなかった。

クリストファーと婚約してまだ間もない頃、普段以上に時間をかけて可愛い格好をするのは、幼いセレスにとって嬉しくて楽しいことだった。

鏡に映る、いつもと違う自分。いつもより可愛い自分。ワクワクして、心が躍り出す。けれど、少しでも褒めてもらえるかと期待して行った先で待っていたのは、婚約者からの心ない言葉だった。

『所詮、田舎者は田舎者でしかないな！』

『どんな格好をしてもお前の無能さは変わらないぞ？』

上から下まで値踏みするような目でセレスを見たクリストファーは、そう言って鼻で笑った。傷付いた顔をするセレスを見てさらに笑う。

どれだけ時間をかけて準備をしても、父や母が『綺麗だよ』と褒めてくれても、クリストファーの態度は変わらない。

セレスの苦労はそれだけではない。パーティーに参加すれば、クリストファーを捕まえていられるのは最初のうちだけで、すぐにセレスを置いてフラフラとどこかへ行ってしまう。そうすると周りの大人たちは婚約者であるセレスを責めた。

次第にセレスはドレスを着ること自体が苦痛に感じるようになっていた。

そうなってくるとドレスを選ぶことも億劫になる。獣人の国に来るまで、セレスは周囲に勧められるものを言われるがまま着ているような状態だった。

自分がそんな調子であるからこそ、ローファンがドレスのデザインに積極的に口を出している今の状況がセレスには信じられない。

モノクロのデザイン画をもとに説明する、ミーシャの白くて長い綺麗な指先を見ながら二人に視線を移す。二人ともとても楽しそうに会話をしていた。気心の知れた間柄であるのが伝わってくる。

全体的に色素の薄いミーシャと、強い輝きを放つ金髪碧眼のローファンは対比的で、なんだかとてもお似合いだった。

そしてそんな風に思ってしまう自分に、セレスはモヤモヤとした気持ちになる。

（……モヤモヤ？）

そういえば、この前も同じような感覚になっていたことを思い出したセレスは、唇をきゅっと結んだ。

「――どうした？」

不意に、隣に座っていたローファンがセレスの顔を覗き込む。顔の近さに驚いて体をのけ反らせたセレスの背を、手を伸ばして支えた。

「……えっ？」

なんのことだか分からない、という顔をするセレスに、ローファンはさらに続ける。

「何か、嫌なことがあったのか？　デザインに気に入らないところがあればなんでも言ってくれて構わない」

「ちっ、違います！　気に入らないところなんて、そんなこと！」

ローファンの言葉を慌てて否定する。ミーシャの考えたデザインはどれも素敵なものばかりで、ドレスに詳しくないセレスでもミーシャが一生懸命考えて描いてきたのだと分かる。

だから嫌なところなんて一切ないのだけれど、ローファンはどうしてそう思ったのだろうか。

「私、何かおかしなことをしてしまいましたか？」

困ったように眉尻を下げるセレスに、ローファンは手を伸ばしセレスの唇を指でなぞった。

「今、唇を結んでいただろう？　セレスは不安なことがあると唇を結ぶ癖があるから」

ローファンの親指がセレスの下唇に触れる。柔らかさを確かめるように撫でられて、セレスの目元がサッと朱に染まった。

「あ、あの……」

人前で何をしているんだと怒ればいいのか、そんな癖があったのかと驚けばいいのか、よく分からなくなる。自分でも把握していなかった癖を指摘されて、セレスはそんなことをしていただろうかと思い起こそうとしたけれど、混乱した頭では何も出てこなかった。

「ゴホン！」

側で控えていたマーサが咳払いをする。

「セレス様が困ってらっしゃいますので、ほどほどになさってくださいまし」

そう言って釘を刺したマーサの言葉を受けて、ローファンは渋々セレスから体を離した。

「あー……それでしたら、次は竜王様のお召し物に移りましょう」

その場の空気を変えるように、ミーシャがポンと手を叩いて提案する。

「竜王様の衣装のデザインは事前に打ち合わせ済みですので、あとは飾りをつける位置を決めさせていただきたいのです」

そう言ってヘアクリップを取り出したミーシャは、ローファンに向かい合うと「例のものはどこにつけましょうか？」と聞いた。

「定番であれば胸元でしょうけれど、少し上の襟元でもよろしいかと存じます」

ミーシャは立ち上がりローファンの方へ回ると、失礼しますと前置きをしてソファーに座るローファンの斜め前にしゃがんだ。

下からじっと見つめながら、ローファンに手を伸ばす。ヘアクリップを飾りに見立てながら、胸元、襟元、と色々と位置を変えて動かすミーシャに、ローファンは何も言わず好きにさせていた。

「……やっぱり私としましては襟元が良いと思うのですが、いかがでしょうか？」

襟元にヘアクリップを寄せてローファンを見上げるミーシャの姿。

二人の顔が近付いて、距離が縮まる。

ミーシャの手はローファンには一切触れていないし、ミーシャの顔は真剣そのもの。

ローファンだって淡々としていて、二人の間に何かあるのではと勘繰(かんぐ)るようなものは何もない。

それなのにセレスの胸のモヤモヤはますます大きくなっていって、思わず口を開いていた。

「あの……！」

思っていた以上に大きな声が出て、ローファンとミーシャの視線がセレスに向かう。

セレスは自分の気持ちがなんなのか分からないまま、どこか焦ったように言葉を探していた。

「わ、私は胸元につけるのが良いと思います」

――だから、そろそろ離れてもらえませんか？

そこまで口に出かかって、慌てて口をつぐむ。セレスのおかしな態度に気付かなかったのか、ミーシャはにっこりと笑うと明るい声を出した。

「そうですね！　でしたら胸元にいたしましょう。こちらに関してはセレス様のご意見が一番ですから」

テキパキと楽しそうに決めていくミーシャを見て、セレスは胸に棘が刺さったような、そんな罪悪感に襲われた。より良いものを作ろうとミーシャは真剣に考えてくれているのに、セレスはと言えば自分のことだけを考えて口を挟んでしまった。

視線がどんどん下がっていく。無意識のうちにまた唇を結ぼうとして、セレスはハッと気付いて慌てて顔を上げた。

——セレスは不安なことがあると唇を結ぶ癖があるから。

（……知らなかった……）

これがローファンの言っていた癖なのか、とセレスはぼんやりと考えていた。

その後のセレスは終始上の空だったものの、ローファンとミーシャが上手く話をまとめてくれてデザインは完成した。あとはミーシャの方でパーティーに間に合うように作ってくれるのだという。

ミーシャに別れを告げた後、セレスは密かに息をついた。

今日の予定はこれで終わり。セレスは夕食までの間、一人になりたかった。なんだかやけに心が不安定で、心を落ち着かせてからでないと何を言い出してしまうか、自分でも分からない。

だからローファンには早く仕事に戻ってもらいたかったのに、そんなときに限ってローファンはセレスの側を離れようとしなかった。

「あの……？」

一向にソファーから立ち上がろうとしないローファンに焦れてセレスが口を開く。

「どうした？」

穏やかな表情でセレスの視線を受け止めたローファンは、侍女たちに部屋から出るよう命じた。

一人になりたかったセレスは、もしローファンが命じなかったとしても侍女たちに退出をお願いするつもりでいた。なのでそれは良いのだけれど、肝心のローファンが動こうとしない。

「お仕事はよろしいのですか？」

「最愛の妻の様子がおかしいのに、セレスを放って仕事に戻るはずないだろう？」

そう言って優しい笑みを浮かべたローファンは、今、セレスの心がこんなにも荒ぶっていることに気付いているのだろうか。

何故こんなにも心がざわついているのか分からず、そんな自分がセレスは嫌だった。だから落ち着くまで一人にしてほしい、見ないでほしいと願うのに、ローファンは見せろと言わんばかりにセレスに寄り添い続ける。

「何か気掛かりなことでもあるのか？」

ローファンの問いかけに首を横に振って答える。

「そんなことありません。パーティーで着るドレスは素敵なものになりそうですし、ミーシャ様も色々と気遣ってくださいます」

「だが、顔色が優れないようだ」

ローファンの手がセレスの頬にそっと触れる。目線を上げてローファンの顔を見ると、何かを隠そうとしているセレスを心配そうな顔で見つめていた。

セレスの心の中を覗き込もうとする、ブルーの瞳。

ローファンの真っ直ぐな眼差しに負けて、セレスは恐る恐る口を開いた。

「私……さっきからなんだかおかしいんです」

思えば、ミーシャに会ったときからセレスはおかしかった。

仕事熱心で綺麗で情熱的なミーシャを素敵な人だと思いながら、ローファンと親しいミーシャに心乱されていた。

「ローファン様とミーシャ様がお二人で話してらっしゃるのを見ると、胸が苦しくて……とても素敵だと思うのに……どうしてか、二人一緒にいる姿を見るのが辛いんです」

ローファンに促されるまま自分の胸の内を明かしてしまい、セレスは眉根を寄せた。こんなことを思ってしまう自分の醜さが嫌になる。それをローファンに伝えることは、少し気持ちが楽になる一方で、汚い部分を見せてローファンに嫌われたらと怖くもあった。

（私の話を聞いて、ローファン様はどう思われたかしら……）

ローファンが今、どんな顔をしているのか。

セレスがおずおずと顔を上げて確認すると、ローファンは少し驚いた顔をしていた。

いつも冷静なローファンが珍しい。目を丸くしてセレスを見つめる顔は、こんなときでなければ可愛らしいと思うのに。

不安を抱えたまま反応を窺うセレスに対し、ローファンはあっさりとセレスの胸に巣くう感情に名前を付けた。

「なんだ。何かと思えば、ミーシャに嫉妬したのか」

「……え？」

ローファンの言葉にセレスは固まる。

――嫉妬？

……だから、私は、ローファン様とミーシャ様が二人で話しているのを見て胸が騒いでいたの……？　ミーシャ様に、嫉妬していたから……？

今まで感じていたことがミーシャへの嫉妬によるものだとすれば、全てに説明がつく。

セレスはそこまで考えて……

かあああ……と顔を真っ赤にした。

「わ、私、あの、なんてことを……！」

両手を顔に当てると、羞恥で赤く染まった頬を押さえ込む。

――は、恥ずかしい……！

恥ずかしすぎてどこかに隠れてしまいたい。そう思ったセレスはローファンから離れようと体を動かしたのに、ローファンの腕ががっしりとセレスの腰に回って止められてしまった。

「はっ、放してください！」

逃げ出そうとする番をローファンが手放すはずがなく、ローファンはどこかうっとりとした瞳でセレスを見つめた。

「無理だ。――それより、もっとよく顔を見せてくれ」

ローファンの胸を押して離れようとするセレスをさらに引き寄せて、じっとセレスを見つめる。

色白で人形のように整った顔をしているセレスが、顔を真っ赤にして感情を露わにしている。嫉妬した自分を恥じらって、見ないでくれと顔を背けて――そんな彼女がローファンは可愛くて仕方ない。もっと見せろと暴きたくなる。

攻防の末、折れないローファンに諦めたのか、セレスは観念したように肩の力を抜いた。

恨めしそうに見上げる顔はまだ目元が赤い。その色付いた部分に機嫌良さげに口付けを落とすローファンを見て、セレスは溜息をついた。

「……私はとても恥ずかしいです」

「悪いが、俺はとても気分が良い」

その言葉通り、ローファンからはミーシャに嫉妬したセレスを咎める様子は見られない。

それでもセレスは、仕事上の付き合いだと分かっているのに受け入れられなかった自分の心の狭さが嫌だった。

セレスが落ち込んでいることに気付いたのか、ローファンが宥めるように口を開く。

「セレスを咎めるつもりは一切ないし、むしろもっと気持ちをぶつけてくれて構わない。セレスはすぐ我慢して感情を溜め込んでしまうから。何を思ったのか、何を感じたのか、もっと俺に教えてほしい」

「でも……それは迷惑なことではないのでしょうか？」

少なくとも今までは、感情を出しても良いことなど一つもなかった。

家族の前では自然な自分でいられるものの、王宮に赴いてクリストファーや宰相や……セレスを厳しい眼差しで見つめる人たちの前に立つとき、いくらセレスが笑っても泣いても状況は何も変わらなかった。それどころか見苦しいと非難されるだけ。セレスの気持ちなど誰からも求められなかったから、次第に感情を抑えるようになった。

ローファンと暮らすようになって、少しずつ家族の前にいるときのように自然でいられるようになったものの、やはり長年積み重なったものはすぐには変わらない。

セレスの問いかけに少し顔を歪めたローファンは、すぐに穏やかな顔でセレスを見つめた。

「迷惑であるはずがないだろう。セレスの気持ちを共有できるのが嬉しいんだ。それに……」

ローファンの青い瞳が嬉しそうに細められる。

「嫉妬するくらいセレスから愛されていると分かるからな」

そう言ってローファンは甘く微笑む。

その言葉の意味を理解して、セレスはまた顔に熱が集まるのを感じた。

「だが、セレスが心配に思う必要は何もない。俺はセレスしか愛さないし、それにミーシャは、ガイアの番だ」

「えっ、ガイア様？　ミーシャ様が、ガイア様の番、ですか？」

突然出てきた名前にセレスは驚いて、思わず何度も確認してしまった。

ガイアといえば、ライオンの獣人で人一倍体格の良いローファンの側近。

厳めしい見た目から怖そうな印象を受けるけれど、話をしてみると優しく常識的で、話しやすい人なのだと分かる。セレスが獣人の国に来て間もない頃は、大丈夫かと何度も会いに来てくれた。

辺境伯領にいたときにガイアから獣人の番について話を聞いたことがあったけれど、まさかミーシャがガイアの番だったとは。

「ああ。ただ、仕事のときのミーシャは、ガイアの番だと自分からは言っていないようだ。コネで仕事をもらっていると思われるのが嫌なのか、単に公私混同したくないのかは知らないがな」

「そうだったんですね」

ローファンの言葉を聞いたセレスは、ミーシャに嫉妬してしまったことを改めて申し訳なく思う。番のいるミーシャからしたら、他の男の人との関係を嫉妬されるなど迷惑なだけだろう。

「私、申し訳ないことをしてしまいました。お二人に嫉妬して、ローファン様の服についても口出ししてしまって……」

「ああ、先ほど決めた飾りの位置のことか？　セレスが気になるのならミーシャに伝えておこう」

ローファンはそう言うと、セレスを真っ直ぐに見つめて自身の思いを伝えた。

「ただ、セレスが思ったことはもっと口にしてほしい。俺が衣装にこだわるのは、ミーシャに良いものを作らせたいからじゃない。セレスに目を向けてほしいからだ」

そう。ローファンにしてみればセレスが喜んでくれなければ意味がない。全てはセレスの心を捕らえることが目的だから。

ローファンはセレスのアメジストのように輝く瞳を覗き込む。

――これから先、セレスの瞳にはいつまでも俺だけを映してほしい……

胸に宿る感情にローファンは目を細めると、心配そうな顔をするセレスを安心させるように微笑んだ。

パーティーを三日後に控え、ミーシャは数人の獣人を連れて王宮にやってきた。

ミーシャのところのスタッフなのだという女性たちは、セレスの部屋に荷物を運ぶと頭を下げて部屋を出ていく。

「お待たせいたしました。細部までこだわった結果ギリギリになってしまいましたが、最高のものを作ることができましたわ！」

女性らしい顔立ちのミーシャが、子供のようにキラキラと瞳を輝かせて自分の作品に胸を張るさまはとても可愛らしい。

「それは楽しみだな」

ローファンがそう言うと、ミーシャは自信満々に頷く。そんな二人を見ながらセレスは先日聞いた話を思い出していた。

（ミーシャ様が、ガイア様の番……）

ミーシャのしなやかな体は女性の中では線が細い部類で、人の一・五倍はありそうなガタイの良いガイアと一緒にいる姿が想像つかない。

ミーシャはセレスに視線を向けると、にっこりと笑って言った。

「セレス様の美しさがより一層引き立つよう心を込めて作らせていただきました。このドレスを着ることで、きっと新しい自分に出会えると思いますよ」

セレスは着替えのためミーシャと侍女の二人と共に部屋を移動する。着ていたドレスを脱ぎコルセット姿になると、鏡の前に立ったセレスの肩越しにミーシャは優しく声をかけた。

「セレス様。着付けている間、もしよろしければ目をつぶっていただけますか？」

「目を？」

「ええ。ドレスのお披露目にあたって、セレス様にはぜひ着ていただいた状態で見ていただきたいのです」

ミーシャの強いこだわりに、セレスはチラッとマーサとサラに視線を向ける。気心の知れた二人が頷いたのを確認してセレスは承諾した。

「分かりました」

そう言って目を閉じる。目を閉じたまま着替えるなんて初めてのことで、セレスはなんだか落ち着かない気持ちになった。

後ろでカサカサと布ずれの音がする。ミーシャがドレスを取り出したのだろうか。マーサとサラが「まあ！」「素敵ですねぇ！」と感嘆の声を上げるのが聞こえた。

「では、失礼いたします」

ミーシャの柔らかな声に指示されながら、侍女二人の手を借りたセレスはドレスの中に足を入れる。三人が慣れた手付きでドレスを引き上げ、着せていく。

「サイズも問題なさそうで安心いたしました。細かな調整は後でいたしましょう」

ミーシャに声をかけられて、セレスは目をつぶったまま頷く。

用意された椅子に座り、侍女たちがセレスの髪を結い上げる。さらけ出された首元にひんやりとした金属が触れた後、確かな重みを感じた。耳にも同様に重みを感じて、準備が整えられていく。

椅子から立ち上がると、全ての準備が完了したのか三人はほうっと息をついた。

「今、竜王様をお呼びいたします。もう少しお待ちくださいね」

ミーシャのウキウキとした声がして、扉が開く音が聞こえる。空気が動いて、誰かが近付いてきたのが分かった。

「セレス……」

「大変お待たせいたしました。どうぞ、目を開けてください」

その言葉にセレスがゆっくりと目を開ける。正面の姿見に自分の姿が映っていた。

「これは……」

セレスが息をのむ。そこにいるのは、美しく着飾った自分。

一つにまとめた銀色の髪。金でできた首飾りと耳飾り。そして……

「本当にお美しいですわ」

「ええ！　セレス様、とっても素敵です！」

うっとりとセレスを見つめ、褒め称(たた)えるマーサとサラの声。

「ドレスのお色がセレス様にとても良く映(は)えて、我ながら素晴らしい出来ですわ」

うんうんと満足そうに頷くミーシャの声。そして……

「セレス、よく似合っている」

ローファンの、声。

セレスはもう一度鏡に映る自分の姿を見つめた。

胸元のビジューが上品にキラキラと輝く、プリンセスラインの美しいドレス。そして――

――この色は……このドレスの色は……

「ミーシャに依頼するとき、一番に頼んだんだ。セレスの国ではパートナーの髪や瞳の色のドレスを贈る習慣があると聞いた。セレスには、どうか俺の色を身に纏ってほしい」

「ローファン様の、瞳の色……」

一目見て分かった。このドレスの色は、ローファンの色なのだと。

胸の奥から込み上げる感情に、セレスは目頭が熱くなるのを感じる。

（どうしてだろう……）

ブルーのドレスなら、今まで数えきれないほど着てきた。

かつての婚約者である、クリストファーの瞳の色を。

セレスの国では男性から愛する女性に贈り物をする際、相手の男性を思い起こすような色を選ぶ習慣がある。セレスの母が父の色を身に纏い幸せそうに微笑む姿を見て、セレスはいつか自分もと羨ましく思っていた。

婚約者からプレゼントしてもらう日を夢見て、幼い頃のセレスがドレスを選ぶときは、あえてクリストファーを連想させる色を選ばないようにしていた。特別な色なのだと、思っていたから。

けれど、クリストファーとの仲は一向に縮まらなかった。王子の婚約者としていくら努力しても、クリストファーはセレスを見ようともしない。愛されるどころか嫌われていた。

期待しても無駄だと悟ったとき、セレスはブルーのドレスを着ることになんの躊躇いもなくなっていた。セレスがブルーのドレスを着るのはただの義務で、そこにはなんの感情もない。

成長したセレスにとって、ドレスの色などその程度のものでしかなかった。

それなのに……

「どうして、こんなにも嬉しいのかしら……？」

セレスは自分を囲む人々の顔を見つめ、そしてドレスに視線を落とす。

じわっと瞳に涙が浮かび、美しい青色がゆらゆらと揺れる。

――この色は、ローファン様の色……

――愛しい人の思いが込められたドレス……

それがこんなにも胸を熱くするとは思わなかった。喜びが込み上げてきて、愛しさが溢れてくる。

「ありがとうございます」

セレスは笑みを浮かべて言った。

「こんな素敵なドレスを贈ってもらえて、私は……私は……」

本当に幸せだと心から思ったとき、涙が抑えられなくなった。

ぼろぼろと溢れる涙が止まらなくなって、行儀悪く指で拭うもののそれでも止まらない。

「ご、ごめんなさい……急に泣いてしまって……」

後から後から流れ落ちる涙を拭いながら、セレスは感謝の気持ちを伝えようと言葉を重ねる。

「でも、本当に嬉しくて……私、私……」

「セレス……」

ローファンが近付く。ローファンの視線を受けて、ミーシャと侍女たちはそっと部屋から出ていった。

「どうしよう……涙が止まらなくて、ドレスを汚してしまったら……」

困ったように眉根を寄せ、濡れた瞳で見上げるセレスを安心させるように、ローファンはセレスの腰を抱き寄せた。

「大丈夫だ」

ローファンの顔が近付き、セレスの頬にキスをする。

「セレス、好きだ。愛してる」

流れる涙を吸い上げるように、目尻から頬にかけて何度も何度も唇が落とされる。

その間も途切れることなく愛の言葉を囁かれて、セレスの心に沁み込んでいく。

「……っ……」

早く泣き止まなければと思うのに……

ローファンの温かな腕も、柔らかな唇も、甘やかな言葉も、その全てがセレスの心をじんわりと包み込んで、ますます涙が止まらなくなる。

「わ、私も、ローファン様が好きです」

好きだと、愛しいと思う気持ちが溢れて止まらない。

まるでローファンを愛しく思う気持ちがセレスの体に収まりきらず、涙に変わって溢れ出ているようだった。

「私……っ、本当に幸せです……」

ローファンに会えて良かった。

セレスは心からそう思う。

こんなにも幸せなことがあるなんて、ローファンと出会わなければセレスは一生知らないままだっただろう。

愛し愛されることの喜びも、思いを形にして贈られる嬉しさも、セレスを支えてくれる優しい人たちとの出会いも、全て、全て……

（私の中にあった辛い思い出も、悲しい過去も、全て流されていく……）

ローファンの優しい腕の中で、今までの嫌な記憶が今日の幸せな思い出に上書きされていくのをセレスは感じていた。

セレスが目を覚ましたとき、既に次の日の朝になっていた。

あの後もたくさん泣いて、侍女に用意してもらったタオルで目を冷やし、セレスを甘やかしたがるローファンに宥められながらそのまま眠ってしまったようだった。

自分を抱き締めて眠るローファンの胸から顔を出して、時計を確認する。

いつもならそろそろ起きる時間。昨日はセレスが泣いてしまったせいで、付きっきりだったローファンはきっと仕事ができなかっただろう。

「ローファン様、おはようございます」

セレスが声をかけると、「んん……」と声を漏らした後、ローファンがゆっくりと瞼を開ける。

セレスの頭を一度撫でると、そのまま目元にそっと触れた。

「痛くはないか？」

「大丈夫です。あの、昨日は申し訳ございませんでした。お仕事の邪魔をしてしまって……」

「最近は大きな事件もないし、一日くらい休んだところで問題ない」

そう言って離れがたそうにセレスを抱き締めるローファンに、セレスが困った顔で起床を促そうとしたとき。

ふと、ローファンの言葉がセレスの頭をよぎった。

——何を思ったのか、何を感じたのか、もっと俺に教えてほしい。

それは、セレスがミーシャに嫉妬して、感情を乱したときに告げられた言葉。

思っていることをもっと口にしていいのだと言ったローファンは、社交辞令ではなく本当にそう思っているようだった。

　セレスはローファンの顔を見上げる。

　視線に気付いたローファンは、セレスがいつものように自分を起こそうとしていると思ったのだろう。口元に笑みを浮かべて、楽しそうにセレスを見つめ返した。

「ローファン様」

「うん？」

「朝、ゆっくりしすぎて仕事に遅刻するのはダメです」

「ん？　ああ、そうだな」

　昨日、早速迷惑をかけてしまったセレスだけれど、仕事に支障をきたしてシルヴァやキースたちを困らせるのは嫌だった。

「それにこの前のように魔法で時計を止めてしまうのもダメです」

「ああ、あのときのことか」

　まだ時間じゃないと訴えるローファンに、セレスが折れてじゃあ あと少しと言った後、どうしてか一向に時計の針が動かなくて焦ったときがあった。

「……今までは、私がきちんと管理して、早く起こさないといけないと自分に課していましたけど……でも、本当は、こうやってローファン様と一緒にいられる時間が好きです」

そう言って、セレスは自分からローファンにぎゅっと抱き付く。

温かな体温に包まれて自然と笑みが零れた。

「私も頑張って起きますから、ローファン様も一緒に起きましょう？」

そこまで言った後、自分の発言に恥ずかしくなったセレスは、赤い顔を隠すようにローファンの胸に顔を埋める。ぎゅううっと抱き付いてくるセレスを驚いた顔で見つめていたローファンは、次の瞬間楽しそうに笑った。

「ハハッ！　可愛いなあ。俺の番は本当に可愛い」

嬉しそうに笑みを深めると、セレスを抱いたままローファンは体を起こし、柔らかな体を強く抱き締めた。


パーティー当日。

ミーシャによる調整を終えて完璧な仕上がりとなったドレスと、侍女たちの完璧な仕事によって、セレスは美しい装いに仕立てられていた。

ローファンの髪の色と同じゴールドのアクセサリーを身につけたセレスは、この前の出来事を思い出してわずかに顔を赤らめる。人目も憚らずに泣いてしまったことを恥ずかしいと思いつつ、それでもローファンの色を纏える喜びの方が勝っていた。

そわそわとローファンを待つセレスを侍女たちが温かい眼差しで見つめている。

そんなときに聞こえた、扉をノックする音。ローファンがもうすぐ訪れることを伝える先触れだろうか。そんなことを考えていたセレスのもとに、対応に向かっていたマーサが不思議そうな顔をして戻ってきた。

「ただいまキース様がいらっしゃっておりますが、いかがいたしましょうか」

「キース様が？」

思わぬ人の訪れに、セレスは首を傾げながらも入室を許可する。パーティーの前に何か用でもあるのだろうか。セレスが考えながら待っていると、きちんと正装したキースが明るい表情で入ってきた。

「やっほー！」

手を振っていつもの調子で挨拶をしたキースは、セレスの姿をまじまじと見つめた後、声を上げて称賛した。

「セレスちゃん、ものすごーく綺麗だね！　すっごく似合ってる！」

「ありがとうございます」

社交辞令であっても嬉しいと微笑むセレスに、キースはニヤニヤと笑みを浮かべて言う。

「そのドレスもアクセサリーもローファンの色でさぁ、『セレスちゃんは俺のものだぞー』って竜王サマの独占欲を感じるよねー」

「ど、独占欲ですか⁉」

キースの言葉にセレスは顔を赤らめる。

「ローファン様は私の国の慣習を取り入れてくださっただけなんです」

否定しつつも、ローファンが本当にそう思ってくれていたら嬉しい。

そんな風に思うのはおかしいだろうか？　セレスは自分の感情に振り回されながらも平常心を心掛けてキースに尋ねる。

「キース様はどうしてこちらに？」

「今日はね、俺が先触れ役に立候補したの。もうすぐローファンがここに来るよーってセレスちゃんにお知らせ」

そこまで言った後、にんまりしたキースは思わせぶりな眼差しを向けた。

「セレスちゃんがビックリしちゃってパーティーどころじゃなくならないように、事前に心構えをしてもらおうかと思って！　今日のローファンねー、めちゃくちゃカッコいいよー！」

「え……？」

（かっこいい？）

心構えとはどういうことだろう。もう少し詳しく説明してもらおうとセレスが口を開いたとき、部屋の外からざわめきが聞こえてきた。

「あ、来た来た！」

「キース、お前ここにいたのか」

侍従を連れたローファンが部屋に入ってくる。セレス同様、パーティーのために正装したローファンの姿に、セレスは目を見開いた。初めて見る格好に目が離せない。

ローファンはセレスに視線を向けると、途端に表情を崩して蕩けるような笑みを浮かべた。

「セレス……とても素敵だ。本当に、誰にも見せたくないくらいに」

「ありがとう、ございます」

服装も相まって、甘い笑みを浮かべたローファンは光り輝いているようだった。

呆然と立ち尽くすセレスの手を取ると、ローファンは手の甲にキスを落として微笑む。

「俺の色を纏った貴方が愛おしくてたまらない」

「えっ、あ、あの……」

「いつもの貴方も素敵だが、今日のセレスは特別に輝いている」

ローファンからの熱烈な言葉に動揺しながらも、それを言うならローファンの方だとセレスはなんとか口を開いた。

「ローファン様、その服は……」

「ああ。セレスに合わせてミーシャに仕立ててもらったものだ。どうだろうか？」

そう言って自分の体を見下ろしたローファンを、セレスはまじまじと見つめてしまう。

セレスが今まで平和式典やクリストファーの誕生パーティーで見た正装は、軍服を基調とした、黒地に肩章や飾緒といった豪華な金の装飾がなされたもの。

その格好もローファンに良く似合っていたけれど、竜王としての威厳や端整な顔立ちが強調されて、どこか近寄りがたい印象があった。

けれど、今日の服装は……

「とても、素敵です……」

シルバーのジュストコールとベストを着たローファンは明るく華やかな印象で、ローファンの凛々しさとセレスに向ける甘やかな表情を際立たせている。服に施された細やかできらびやかな刺繍が、この衣装にかけるミーシャの気合いを窺わせた。

「そうか」

どこかホッとした様子のローファンに、キースが横から割って入ってくる。

「もっと言って、もっと言って！　セレスちゃん、ローファンの姿を見てどう思ったー？」

「えっ？　そう、ですね……」

セレスはローファンをチラッと見る。いつも以上にキラキラしていて、なんだか直視できない。

「か、かっこいい……です……」

「だよねー！」

同意するキースを無視してローファンはセレスの顎に手をあてると、自分の方を向かせ、魅惑的な眼差しで言った。

「それなら、もういっそ今日のパーティーは欠席して……」

「ダメダメダメ!!」

ブンブンと手を振ってキースが否定する。

「シルヴァの言った通りになったよ！　セレスちゃんと一緒だとローファンが暴走するから、先触れだけじゃなくそれも止めろーって！　……竜王サマー、今日はお互いがお互いの色を纏ってるって、皆に見せびらかすんでしょー？」

キースの呆れたような声に、ローファンは「ああ」と思い出したように頷くと、控えていた者にジュエリーケースを持ってこさせた。

「コレも、今日のために用意したんだ」

ローファンが取り出したのは、氷の結晶をモチーフにしたブローチだった。

男性が身につけても違和感がなさそうなオシャレなデザインのそのブローチは、小さなダイヤで氷の結晶を形作り、その中央に大きな宝石がはめ込まれている。

「ミーシャに言って、服に組み込むのではなく取り外しができるようにした。だからこれはセレスが俺につけてくれないか？」

そう言ってセレスの手にブローチを載せる。中央の宝石が照明の光を浴びて輝き、紫色の光を放つ。

「すごい……綺麗ですね」

ローファンの意図に気付いていないセレスは、純粋にその輝きに見惚れていた。

そんなセレスを優しく見つめながらローファンが言葉を続ける。

「この中央の石は、アメジスト。セレスの瞳の色を意識して選んだんだ」

「……えっ？」

「今日のパーティーでは、セレスの髪と同じ色の服を着て、セレスの瞳と同じ色の装飾品を身につけたい。だからどうか、これはセレスにつけてほしい」

改めてローファンから説明されて、セレスはようやく意味することに気付いた。セレスがローファンの色を身に纏うだけでなく、ローファンもセレスの色を纏ってくれようとしている。

シルバーの上着に、アメジストのブローチ。

まるでローファンは自分のものだと見せびらかしているようで、セレスは顔を赤らめた。

促されて、セレスは迷いながらローファンの左胸にブローチをつける。セレスの瞳の色によく似た紫の石が、胸元で光沢を放つ。

つけられたブローチを満足そうに見つめて、ローファンが尋ねた。

「どうだ？　似合っているか？」

「ええ、とても」

整った顔立ちのローファンが華やかな服と美しいブローチを身につけていると、惚れ惚れするほどかっこいい。

何よりローファンが自分の色を纏ってくれていることが嬉しかった。

「これならローファンはセレスちゃんのものだよーって一目で分かるねー」

キースの言葉に何故かセレスはたじろぐと、ローファンの胸元で輝くブローチを見ながら「実は……」と告白した。

「実はブローチをつけるとき、皆に気付いてもらえるよう目立つ場所を選んでしまいました」

　そう言ってセレスは恥ずかしそうに笑った。

　セレスが獣人の国で初めて出席するパーティーは、王宮内で開かれた。

　竜王主催のもと、式典での公式なお披露目前に、事前に王妃を紹介することを目的としている。今回招待された者は獣人の国の要人たちで、主に各一族の長とその妻が出席していた。

　セレスがローファンにエスコートされながら会場に入ると、皆の視線が集中する。竜王の番はどんな人物なのだろうかと、誰もがセレスを興味深そうに見つめているのが分かる。様々な視線はあるものの、初めから否定的な視線は感じられずセレスはホッとした。

　ローファンと共に正面に立ち、セレスは広々とした会場に目を向ける。今回のパーティーに備えて、姿絵で出席者の名前と顔は把握してきている。だからローファンからミーシャがガイアの番であると聞いた後、出席者の姿絵の中に二人の姿を見つけてセレスは驚いた。

　聞くところによると、竜王の側近として働いている者の中には、長の息子や、一族の長（おさ）と側近を兼任している者も多いのだという。会場にはガイアの他にも見知った顔がいて、初めての公務で緊張しているセレスには心強かった。

パーティーの進行を務めるシルヴァから皆の前で紹介された後、一族ごとに挨拶（あいさつ）を受けていく。その中にはトカゲの獣人のゼフもいて、セレスはその日初めてゼフの奥さんに会った。

ふくよかでしっかり者の印象を受けるゼフの妻に、ゼフは言い負かされてばかりで、どう見ても尻に敷かれている。二人の掛け合いに圧倒されていたセレスに、ゼフの妻は表情を変えると優しい眼差（まなざ）しを向けた。

「いつもミラとルルがお世話になっております。あの子たち、セレス様に会いたくてよく夫に王宮にはいつ行くんだと催促（さいそく）してるんですよ」

そう言って人好きのする笑みを見せた。

様々な種族の者と挨拶（あいさつ）を交わす中、ライオンの一族の長とその妻として、ローファンとセレスのもとにガイアとミーシャがやってきた。

ガイアとミーシャが番（つがい）同士であったことに驚いたセレスだったけれど、こうして二人で並んでいる姿を見ると、ガタイが良く男らしいガイアとしっとりとした女性らしいミーシャはお似合いの二人だった。

「ガイア、お前の奥方に礼を言う。ミーシャのおかげで俺もセレスも素晴らしいパーティーになった」

「それなら良かった。今回の制作にあたって彼女も随分と楽しんでいたようだ」

ガイアからの視線を受けて、ミーシャが嬉しそうに話し出す。

「竜王様もセレス様も、お互いの良さが引き立って本当にお似合いですわ。対になったお二人を見ておりますと、自分たちも真似したくなるほど魅力的です。これはきっと、新しい流行になりますわ！」

そう言って次なる展開に向けてミーシャは目を輝かせる。

セレスは一度ドレスに視線を落とすと、ミーシャに向けて感謝の気持ちを伝えた。

「ミーシャ様に作っていただいたこのドレスは、私の宝物になりました。それに、このドレスを着ていると心が温かくなって、なんだか勇気を与えてくれるんです」

「大変有り難いお言葉で恐縮ですわ。ただ、それは私の力ではございません。きっと、ローファン様のお気持ちがドレスを通じてセレス様に伝わっているのかもしれませんね」

その言葉に、ローファンとセレスは顔を見合わせて微笑む。セレスはこの場を借りてミーシャに一つお願いをした。

「次にローファン様のお召し物を作られる際は、私も意見を出して良いでしょうか？」

以前、ローファンにどんな服を着てほしいかとミーシャから尋ねられたとき、セレスは答えられなかった。決める権限などないと思っていたから考えたこともなかった。でも――

「ローファン様のブローチを私がつけさせていただいたとき、些細なことですが誇らしくて、とても嬉しかったんです」

だから次は自分も参加したいと言うセレスに、商売上手なミーシャはここぞとばかりに提案する。

「でしたら次は、ぜひ！　お披露目の式典のドレスを！　セレス様のウエディングドレスと竜王様のタキシードを担当させてくださいませ!!」

純白のドレスをぜひ！　と訴えるミーシャの顔はキラキラと輝いて本当に楽しそうだった。

そんなミーシャをガイアは愛おしそうに見つめている。

「――そろそろ時間だよー」

両親に代わりヒョウ族の代表として参加しているキースが、ガイアの後ろから声をかけた。

「あーあ。式典でセレスちゃんがウエディングドレスなんか着たら、誰にも見せたくないローファンが今日以上に中止にしたがるだろうなー……」

「ええ、そうですね。そのときに向けて対策を練っておきませんと」

キースの言葉に、パーティーの進行を務めているシルヴァが同意する。

冗談めかして言ってはいるものの、近い将来本当にその言葉通りになりそうなのは、仲睦(なかむつ)まじい竜王と妃の姿を見れば誰の目にも明らかだった。


「セレスー！」

庭園の入り口にいたセレスのもとに、ミラとルルのはしゃいだ声が耳に届く。

振り向くとミラとルルが駆けてくるところだった。

「ねぇねぇ！　見て見て！　これっ！」

姉のミラが自分の頭につけたリボンを指差す。

「可愛いリボンね。どうしたの？」

「プレゼントにもらったの！　このリボン、私の番(つがい)と同じ色なんだよーっ！」

番(つがい)からもらったものだと、髪の色が同じなのだと嬉しそうに話すミラに、セレスはしゃがんで笑みを見せる。

「良かったわね」

「好きな人の色をつけるって、セレスが広めたんでしょ？　お母さんが言ってた！　セレスと竜王様を見て、みんな真似してるんだって」

「私？」

セレスは不思議そうに首を傾げる。そう言えば、ミーシャもパーティーのときに同じようなことを言っていた。そのときはまさかと思っていたけれど、子供のミラにまでその影響が出るなんて。

驚くセレスに、ミラはニコニコと笑って言う。

「うん！　人間の大陸の文化だって聞いたよ！」

「そう……」

少し考えたセレスは、ミラとルルに尋ねる。

「ミラとルルは、王子様とお姫様のお話は好き？」

「うん！」

「僕もセレスの話、好きー！」

「それなら良かったわ。他にもね、人間の大陸に伝わるお話はたくさんあるの」

ローファンの治める獣人の国には、獣人の国独自の文化がある。

だから無理に人間の文化を取り入れる必要はないとセレスは思っている。

けれど、セレスがローファンの隣に立つことで、少しでも人間を身近に感じてもらえたら嬉しい。

「この前聞いた童話以外にも？」

「ねぇねぇ！　もっとおしえてー！」

「じゃあ、ブランコに座りながらお話ししましょうか」

ミラとルルと一緒にセレスは庭園の奥に進む。可愛い二人の姿を見つめながら、ローファンとの間に子供が生まれたらこんな感じだろうかとセレスは思う。

子供をブランコに乗せて、周りにはミラとルルと、たくさんの優しい人たちがいて。

そして、セレスの隣にはローファンがいる。

未来視ではないけれど、こうなりたいと願う未来。

皆で笑い合う日を想像してセレスは幸せそうに微笑んだ。

書き下ろし番外編

目は口ほどに物を言うというけれど

これは、セレスが獣人の国に来て、二年が経った頃の話。

セレスの一番上の兄、ルークに第一子となる男の子が誕生した。三兄弟の中で初めてとなる子供の誕生に、アーガスト家はもちろんのこと、ルークを慕う者たちは大いに喜んで一時はお祭り騒ぎとなった。

子供が生まれて半年が過ぎた今でもお祝いムードは続いているようで、セレスは温かで明るい空気を感じながらルークの妻に抱かれる赤子の顔を覗き込んだ。

「可愛いですね」

母親の胸に抱かれて眠る、ふっくらとした赤子の柔らかそうな頬を見つめながらセレスは表情を緩める。出産後お祝いに訪れたのに次いで、セレスが実家に帰るのは今回で二度目となる。セレスの帰省に合わせ、ルークと妻は子供を連れてアーガスト家に来てくれた。初めての育児で大変だろうに快(こころよ)く迎えてくれた兄夫婦と、忙しい執務を調整してここまで連れてきてくれたローファンには感謝しかない。

「先ほどまで起きていたのですが、いつの間にか眠ってしまったみたいで……」

困ったように微笑むルークの妻に、セレスは首を横に振って笑いかける。

「元気そうな姿が見られて嬉しいです」

ね、アレク兄様？　とセレスが横を向き、隣に座る二番目の兄を見る。談話室に入ってから一度も言葉を発しなかったアレクは、セレスの視線を受けてようやく口を開いた。

「まあね」

それだけ言ってすぐに口を閉ざしてしまう。話しかければ、皮肉を交えて倍にして返してくるのがいつもの彼だ。そんなアレクにしては珍しい。

家族にしか分からないくらいのわずかな違和感ではあるものの、どこか借りてきた猫のようなアレクの態度に、セレスとルークは顔を見合わせた。

「コイツ、近くに住んでいるのにちっとも顔を出さないんだぞ」

薄情な奴だと苦笑するルークに、アレクは冷ややかな視線で返す。

「仕事でルーク兄とはいつも顔を合わせてるだろ。それに、見に行ったところでどうしろって言うのさ」

「赤ん坊は可愛いじゃないか」

「赤子を前にして知能レベルが低下したルーク兄は、まったくもって可愛くないけどね」

ポンポンと言葉の応酬を続ける兄たちに、セレスは困ったように眉を下げる。

貴族子息であれば、一定年齢を過ぎると家柄の釣り合った婚約者が決められるのが一般的だ。けれど、かつての王都から遠く離れた地に領土を持ち、独自の自警団を有するなど他と異なるアーガスト家では、結婚相手は与えられるものではなく自分で見つけ出すものとされていた。そのため、王家からの打診により断ることができなかったセレスを除き、兄二人には家が決めた婚約者はいない。

いまだ独身のアレクに特定の相手がいると聞いたことはないが、今後結婚したいと思える相手と巡り会えば、ひねくれ者の兄の考えも変わるのではないかとセレスは思う。

「アレク兄様だって、いつか自分の子供が生まれたら、可愛くて可愛くてたくさん甘やかすようになるんじゃないかしら」

「僕が？　なるわけないだろ。うちの跡継ぎはルーク兄に任せるよ」

それに、と言葉を止めて赤子をじっと見ると、アレクは表情を変えないまま呟いた。

「こんな小さくて柔らかい生き物、どう扱ったらいいか分からないしね」

アレクの言葉を受けて、皆の視線がルークの妻の腕の中に集まる。話題の中心である赤子はといえば、母親に抱かれてすやすや眠っている。そうかと思えば目を閉じたまま、くわぁっと小さな口を大きく開けて欠伸をした。

　愛くるしい仕草に思わずセレスは口元を綻ばせた。穏やかな雰囲気の中、場の空気を変えるようにアレクは口を開く。

「僕のことより、セレス、お前は自分の心配をしなよ」

「私？」

「他人事だと思って呑気にしてるみたいだけど、自分が妊娠したらどうなるか、考えてみたことある？　お前を溺愛する独占欲の強い竜王のことだ。そうと分かれば嬉々として軟禁しようとするだろ」

「えっ⁉」

　兄から発せられた物騒な単語に、セレスはギョッとする。そんなセレスに構うことなくアレクは続けた。

「身重の番に何かあったら大変だーって閉じ込めておく口実ができるんだ。あの竜王が絶好の機会を逃すはずないだろうね」

「アレク兄様は、ローファン様のことをどんな風に思っているの⁉」

　優しいローファンがそんなことをするはずがない。そう思うものの、言われてみると確かに思い当たる節がある。

竜王妃としてパーティーに参加するときなど「そんな綺麗な姿、誰にも見せたくない。セレスは部屋で待っていたらどうだ？」と言って、周りが止めなければ本当に実行に移してしまいそうな雰囲気があるのだ。

セレスを陥落させようと訴えかけるローファンの甘やかな圧を思い出してしまい、セレスは慌てて頭から振り払う。目を白黒させながら動揺するセレスを見て、アレクは意地の悪い笑みを浮かべた。

「愚かな我が妹は、人をネタにすると自分も同じ目に遭うってことを知らないようだ」

「アレク、セレスを怖がらせるんじゃない。軟禁は言い過ぎだ。可愛さのあまりちょっと部屋から出さないだけだろう」

からかうアレクを見かねて、ルークがフォローなのか判断に迷う言葉をかける中、扉をノックする音がした。ルークが応えると、席を外していたセレスの父と共に噂の的になっていたローファンが談話室に入ってくる。

先ほどまでの会話はおくびにも出さずに、アレクが席を立ち場所を譲ると、ローファンはセレスの隣に腰かけた。セレスもいつも通りの態度を試みるものの、ローファンはすぐに番の様子がおかしいことに気付き、不思議そうにセレスの顔を覗き込む。

「どうした？　心なしか頬が赤いようだが」

「そ、そんなことないです！　その、ルーク兄様のご家族にお会いして……」

言いながら赤子に目を向ける。穏やかな寝顔を見ていると心が落ち着きを取り戻していき、自然と笑顔になった。

「赤ちゃんがとっても可愛くて、幸せをお裾分けしてもらっていました」

「そうか」

相槌を打つローファンの穏やかな低い声。

声のトーンはいつもと変わらない。けれど、ローファンのブルーの瞳が愛おしさをたたえて色を変えたのを目の当たりにして、セレスは再び落ち着かない気持ちになる。

結婚してもう二年。ローファンの番（つがい）として側にいることを、少しずつ、自然なこととして感じられるようになってきた。

それは、当然のようにセレスの隣に座るときであったり、妻であり最愛の番（つがい）であると誰かに紹介するときであったり、些細（ささい）な出来事の積み重ねによって、セレスの意識は変わっていった。

でも、それとは別に、共に過ごすようになったからこそ気付いたことがある。

家族の前で顔に出すのは憚（はばか）られ、平静を装いながら、セレスはローファンの隣でじわじわと燻（くすぶ）る熱に焦がれていた。

その日のうちに獣人の国に帰ったセレスとローファンは、自室に戻り、侍女のマーサが淹れたお茶を飲みながら二人だけの時間を過ごしていた。ソファーに隣り合って座り、話をしていると、自然とアーガスト家での話題になる。

「ルーク兄様の赤ちゃん、前に会ったときよりも大きくなっていましたね」

「ああ。今は首がすわって安定して抱けるようになったと言っていたか。その割には抱かせてもらったときは随分必死だったな」

「落としてしまったらと思うと少し怖くて……でも、見た目よりもずっしりと重くて温かくて、胸がいっぱいになりました」

赤子の可愛さを嬉しそうに話すセレスを見て、ローファンは目を細める。アーガスト家でも感じた甘やかな気配に、セレスはサッと頬を赤らめた。

ローファンの瞳は、雄弁に彼の感情を語ってくれる。

それも、他の人には見せない、セレスだけの特権。

そのことに気付いてから、セレスはそれまで以上にローファンの瞳を見つめるようになった。例えば、執務の合間に顔を出したとき。執務室で書類に目を通していたローファンが、顔を上げてセレスを前にすると、理知的で真剣な色をたたえた瞳は優しく輝くのだ。

照れた様子のセレスに気付いたのか、ローファンはわずかに目を見開くと、突然話題を変えた。

「そういえば、俺がいない間に談話室でどんな話をしていたんだ？　やけに顔が赤かったようだが」

「そ、それは……」

子供ができた場合の話をしていたと、そのまま言えば良いのだと思うものの、そのとき感じた羞恥(しゅうち)を思い出してしまってセレスは口ごもる。そっとローファンを見ると、どこか楽しげで、からかいの色を瞳に帯びていることに気が付いた。セレスが動揺すると分かっていて話題に出したのだろう。悪戯(いたずら)な感情が窺(うかが)い知れて、少し悔しくなる。

だから、思わず言ってしまったのだ。ローファンの意表をつけるかもしれないと、そんな些細(ささい)な理由で。

アレクから言われた言葉、そのままを。

「……もし私が妊娠したら、どうなるだろうと話していました。アレク兄様はきっと、ローファン様は私を閉じ込めてしまうだろうって」

そんなことないですよね？　――そう続くはずだった言葉は、ローファンの顔を見た瞬間、驚きのあまり発することができなかった。

ローファンの鮮やかなブルーの瞳が、どろりと濃く染まっていく。普段あまり見ることのない、苦しいくらいに重く強い感情。底の見えない深い色合いを目の当たりにして、セレスは息をのんだ。

セレスの緊張した様子に気付いたローファンは、フッと笑って重い空気を一掃した。

「そんな話をしていたのか」

ソファーの隣に座るセレスの頭に、ローファンは手を伸ばす。美しい銀色の髪を愛しむように優しく撫でた。

「セレスが妊娠したら、か……」

そう呟くと、思案するようにじっとセレスを見つめる。いつもより色味の深い瞳が、次第に甘さを帯びていく。先ほど感じた執着と、滲（にじ）み出る深い愛情。熱い眼差（まなざ）しに耐えきれず、セレスは目をつぶって逃れるようにローファンの肩に顔を埋めた。

——これ以上は、耐えられない……！

これ以上ローファンの瞳を見たら、羞恥（しゅうち）と動揺でどうにかなってしまいそうだった。

そんなセレスの心境を知ってか知らずか、ローファンは目の前にある、赤く染まった耳に唇を寄せた。

「可愛いセレス。俺の最愛の番（つがい）」

ビクッと肩を震わせたセレスを労わるように頭を撫でる。

「子がいてもいなくても、セレスを愛する気持ちは変わらない」

低く真摯な声が溢れんばかりの甘さを纏ってローファンの思いを伝えてくる。

「何よりも大切なんだ」

「……ッ……」

耳から注ぎ込まれる愛の言葉に、セレスは顔を真っ赤に染めた。目をつぶっているせいで余計、過敏になってしまう。ローファンの瞳から逃れるために視界を閉ざしたのに、これでは意味がない。

むしろ悪化していると気付いたセレスは、おずおずと顔を上げる。目の前には、凛々しい顔を綻ばせた、最愛の人がいた。番にしか見せない表情をすぐ近くで見てしまって、キュッと胸が締め付けられる。

目は口ほどに物を言うというけれど、ローファンの場合、感情を訴える眼差しのみならず、セレスへの言葉を惜しまない。

「閉じ込めてしまいたいくらい愛おしいし、同じくらいセレスの活動を応援したい」

ローファンの大きな手がセレスの頬に触れる。

「幸せにしたい」

ゆっくりとローファンの顔が近付いてきて、セレスはもう一度瞳を閉じた。

視覚からも聴覚からも、そして触れた肌から伝わる温かさからも愛を告げられて、セレスは眩暈がした。

本書は、2020年12月当社より単行本として刊行されたものに書き下ろしを加えて文庫化したものです。


この作品に対する皆様のご意見・ご感想をお待ちしております。

おハガキ・お手紙は以下の宛先にお送りください。

【宛先】

〒150-6008 東京都渋谷区恵比寿4-20-3 恵比寿ガーデンプレイスタワー8F
（株）アルファポリス　書籍感想係

メールフォームでのご意見・ご感想は右のＱＲコードから、
あるいは以下のワードで検索をかけてください。

ご感想はこちらから

レジーナ文庫

『氷の悪女』は王子から婚約破棄を宣告される
その結果国家滅亡の危機だそうですが私、それどころではありません

高瀬ゆみ

2023年8月20日初版発行

文庫編集－斧木悠子・森 順子
編集長－倉持真理
発行者－梶本雄介
発行所－株式会社アルファポリス
〒150-6008 東京都渋谷区恵比寿4-20-3 恵比寿ガーデンプレイスタワー8階
TEL 03-6277-1601（営業）　03-6277-1602（編集）
URL https://www.alphapolis.co.jp/
発売元－株式会社星雲社（共同出版社・流通責任出版社）
〒112-0005 東京都文京区水道1-3-30
TEL 03-3868-3275
装丁・本文イラスト－iyutani
装丁デザイン－AFTERGLOW
（レーベルフォーマットデザイン－ansyyqdesign）
印刷－中央精版印刷株式会社

価格はカバーに表示されてあります。

落丁乱丁の場合はアルファポリスまでご連絡ください。

送料は小社負担でお取り替えします。


ISBN978-4-434-32462-8 C0193